书香故人来

俞晓群 著

中国出版集团
東方出版中心

图书在版编目（CIP）数据

书香故人来 / 俞晓群著 . —上海 : 东方出版中心，2018.8
ISBN 978-7-5473-1331-2

Ⅰ . ①书…　Ⅱ . ①俞…　Ⅲ . ①回忆录—中国—当代②散文集—中国—当代　Ⅳ . ① I217.2

中国版本图书馆 CIP 数据核字 (2018) 第 165770 号

书香故人来

出版统筹　郑纳新
出版策划　草鹭文化
责任编辑　刘　军　王欢欢
特约编辑　李春月　郭师玮
责任营销　计珍芹
装帧设计　吴光前　杨　庆
封面题字　俞　江
出版发行　东方出版中心
地　　址　上海市仙霞路 345 号
电　　话　021-62417400
邮政编码　200336
经　　销　全国新华书店
印　　刷　上海盛通时代印刷有限公司

开本: 787mm×1092mm　1/32　　印张: 7　　字数: 98 千字
版次: 2018 年 8 月第 1 版　　印次: 2018 年 8 月第 1 次印刷
书号: ISBN 978-7-5473-1331-2　　定价: 49.00 元

目录

序

一位边疆壮汉的内陆开发记

沈昌文

俞晓群又有新作问世，听到这消息，我立刻就寻思，他这次要写什么？

我知道他已到了退休的年龄大限，说不定他这次要告诉我们一些退休后的新作为、新理念。我常有这样的期待。

我的这种期待还出于一个经验：我同他的合作，始于我的退休。我把过去的这种合作，称为我的“黄金时期”。因这经验，我一直在盼望他退休后的精彩作为。

等到读了他这部新作的电子稿，方知他要告诉我们大家的，还是旧事。不过，这次他对旧事作了系统发掘，可以说，他这次系统地描述了一位搞文化的边疆壮汉在内陆开发的思路、艰难和成就。

像我这样在内地出生、长大的人，想象不出像他这样的边疆壮汉到内地开发有多艰难。现在他在这本书里写的是对自己的老同乡的汇报，无不实话，使人心动。

他说："来京主持海豚出版社，出版近四千种图书，许多资源都来自多年的积累。我自身学识有限，在京工作之余，有十本著作面世。如今回望，从知识到内容，许多是早年打下的基础。所以说在精神层面上，与其自称'故人'，不如说那段故土之深情，与我从未隔开。"

"东北一方水土，地阔土沃，民风包容杂糅，人文与自然互渗，近现代渐成故有的民俗个性。从思维模式、处事方法到言行表达，许多元素融入我的血液中。比如此刻回忆故旧往事，我的情绪自然掉入家乡那句老话的状态：'老乡见老乡，两眼泪汪汪。'"

俞晓群的开发并不只是艰难，更重要的，还有智慧。这方面使我对他及其事业更感兴趣。

他在本书中说："回忆我的出版生涯，一路走下来，始终离不开人文精神的引领，成功、失败或种种思想表达，都离不开。""在某种意义上，我们做出版都是在‘贩卖文化’，手段、门类、表达等差异的存在，只是技术层面的问题，不足为怪。关键是追求不同，那才是真正的差异。刘杲先生说：‘出版，经济是手段，文化是目的。’我实践出版三十几年，深深认同这个观点，同时希望追随商务、中华、三联等有传统的出版机构，使他们的文化理念能够得到尊重与延续。”

我理解，现在这本书可看为俞晓群在退休前所作种种的一个总结。这个总结，主要是对他的东北同乡，也是对我们这些同行和读者。作为他多年的同行，我读着倍感亲切。

二〇一八年五月

书　斋

我三十几岁时，曾经写过一篇文章《独处书斋意绵绵》，文中称："书斋是我精神的故园、人生的驿站和生命的归宿。"二十几年过去，往日的激情渐渐消退，书斋的印象依然故我。

但不怕您笑话，性格使然，习惯使然，环境使然，那个与我相依相伴的"书斋"，至今还没有一个恰当的名号。不是没想过，是想得太久，想得太多，总是犹豫不定。

也是多年忙于工作，我又有在办公室读书、写文章的习惯，所以我的书一直是家里一半、办公室一半，每天上下班，经常提着一大包书。有一次我戏称，干脆称我的书房为"两半斋"吧。

今年我六十岁，到了退休的年龄。虽然诸事蹉跎，但首先想到，这次不必再"两半"了，也该给书房起个完整的名号。可能是受丰子恺先生“缘缘堂”影响，那时丰子恺请李叔同先生为书斋命名，李叔同让他把一些好字写到纸条上，做成阄，抓一个是“缘”字，再抓一个还是“缘”字，故取“缘缘堂”。因此我为书房起名号，首先想到用叠字。

最初有“闲闲”二字，这是当年编“书趣文丛”时，总策划之一赵丽雅帮助我设计丛书名字，曾经有“闲闲文丛”一说，她说取意于《庄子·齐物论》：“大知闲闲，小知间间。”后来丛书用了“书趣”二字，我想把“闲闲”用到自己的书房上。及见天涯社区“闲闲书话”网上走红，只好放弃。但庄子还有一句：“大言炎炎，小言詹詹。”其中“詹詹”一词有絮语的意思，我很喜欢，但想到自己日常话语少，还是放弃了。那加上三点水，取“澹澹”如何呢？我不是五行属水么？曹操《观沧海》写道：“东临碣石，以观沧海。水何澹澹，山岛竦峙。”好诗啊！只是这两个字读音不好，dandan 四声，前不久乐嘉出一本书《淡淡》，注曰“蛋蛋之殇，淡淡以对”。呵呵，放弃。

近日我又爱上一个“摶”字，读 tuan 二声，简体为“抟”。我认识此字，是因为宋代道学家陈抟。《韵会》引《说文》曰：“抟，以手圜之也。”意为把东西团成圆形，像《庄子·逍遥游》：“鹏之徙于南冥也，水击三千里，抟扶摇而上者九万里。”至于“抟抟”，《楚辞·九辩》也有：“乘精气之抟抟兮，骛诸神之湛湛。”那就叫“抟抟堂”吧？开始觉得不错，逐渐感到像东北话“团弄”，想到自己一生做人藏头缩尾，到头来躲进书斋，还要团弄，实在委屈，罢了。

看来叠字不灵。那天我又看上“无形”一词，有三个原因：一是与“五行”谐音；二是《道德经》中有“大象无形”；三是我几十年文化生活，无形之意无处不在：书房无形，身份无形，思想无形，藏书无形，文人无形，……但百度一下，由于词义浅白、涉及广泛，诸如无形斋、无形书屋、无形堂等，几乎被人用个遍，别想了。

怎么办？其实我颇喜欢苏轼一段诗句，“斗酒纵观廿一史，炉香静对十三经”，据称史可法曾将其挂在书房中。当年辽宁教育出版社出版“茗边老话”，唐振常先生写《四川军阀杂说》，书前手书题词写道：“斗酒纵观廿一史，炉手静对十三经。录东坡句，藉喻读书有深阅浅览之别，以赠辽宁教育出版社。戊寅谷雨唐振常书”。此段话深得我心。我喜欢《廿五史》由来已久，如今手中有四套书、三种版本，都是中华书局出版;《十三经》也有上古社、北大社等几种版本。说到“纵观”，我多年读《廿五史》五行志感触最深；说到“静对”，我在写《数与数术札记》时，将《十三经》中数字一一挑拣出来，加以注说，那一番“静对”几乎弄瞎我的眼睛。尤其是《十三经》中注释之多，一定是世界典籍之最。那么我的书斋就叫“纵观静对斋”吧！不错，只是让外人看上去，会觉得这厮果然老了，是否还患有阿尔茨海默症？不然何以望着那堆烂书，时而点头哈腰，时而枯坐发呆呢？没办法，我的性格就是这样犹豫不决。

就这样下来，自己书斋的名字还没起好，但在四处漂泊中，却见到不少好书斋，在这里例说几个。

钟叔河先生，他的书斋名曰“念楼”，因为处于一座楼房的二十层，故取“廿”字读音。钟先生书房整洁简单，书架倚墙而立，壁上珍贵字画不少。近些年我多次拜访钟先生，老人家思维机敏，操一口浓重的湖南话，我开始听不大懂，逐渐好些。当世书人见钟先生，会有一种朝拜的感觉，虽无仪式，但敬重之情油然而生。

沈昌文先生，他的书斋离住处隔着一条街，读书时漫步前往，故命名曰“二房”。沈先生特点：书多，复本多，手松，让许多人受益。一套《读书》合订本，他随手就会送人。这两年海豚社朱立利时常陪伴沈先生做事，他从“二房”中搜取许多重要信件，出版《师承集》《师承集续编》，可见一斑。陆灏说，老沈留不住什么好东西。陆灏还说，晓群跟老沈差不多，也不会留住什么好东西。他说得对，出版人书房藏书最杂，分类乱，复本多，没条理，若非有心人，确实留不下好东西。但许多收藏家喜欢收购出版人的资料，比如一些老出版社的废书废纸，其中签名本多，信件多，纸条多，意外发现多。

陈子善先生，书斋称“梅川书舍”，猫与书房是他生活中两个主题。子善为人温和，懂书，懂版本，善交际，朋友最多。如今年近七十，精力充沛，身轻如燕，寻书嗅觉灵敏，耐心十足，收获自然比别人多。比如海豚社产品，他嘴勤手勤，编辑都是他的好朋友，新鲜出炉的签名本、特装本、毛边本、抽样本、白纸本等，几乎一件不落。据言他的书斋早已爆满，依然收藏不辍。近日我们会出版他的《签名本丛考》，是一个展示。

江晓原先生，书斋称“二化斋”。他的著作《老猫的书房》（江晓原口述，吴燕整理）最好看，他写道：“一直希望自己是一只愉快的老猫。我经常想象，在午后斜阳的书房中，一只慵懒的老猫在那些藏书和影碟中徜徉着，蹲坐着，思考那些古往今来稀奇古怪的事情——古埃及人相信猫是通灵的。”电视台、微电影、微信公众号等，都拍过晓原的书房，他的书架是带滑轨的，这也与他理科出身有关；关键是他的学问横跨文理两界，收书自然更多。我出版过他两部有名的著作，文则《性学五章》，理则《天学真原》。此君才学属于鬼精灵一类，聪明盖世，文理兼通，古文尤其好，据称家中珍本极多，春宫、星图一类，都不在话下。

在我心目中，当代有两位收藏大家，一中一西，中者韦力先生，西者王强先生。两位构建书斋、收藏精品，都有三十年以上经历，无论天下第一，却是神龙不见首尾。我也是在编他们的著作时，管窥见大，浮想联翩。

王强藏书在海外，为出版《书蠹牛津消夏记》，他拍摄四千多幅书影和书房照片，最终书中只收三百张不到，已经倾倒无数西书粉丝。好友邝海炎先生藏书颇多，他看了王强的书，慨叹再三，几乎崩溃。写成一篇妙文，题曰《王强的读书乐："像唐老鸭在成堆的美元里泡澡"》，其惊喜与妒忌之情，跃然纸上。

韦力先生书斋名曰"芷兰斋"，他在书迷心中的地位，如星空，如瀚海。现在我们在编他的书《琼琚集》《砞痕探骊》和《觅理记》。最大感受，此君积累已成喷涌之势，令人目不暇接。韦先生几番客气，约我们去看他的书房，台湾出版大腕初安民先生闻言，立即问：何时去，带上我，我随时从台北飞来。

专　栏

我在报刊和网络上写专栏文章，已有很多年，无论在沈阳还是在北京，都没有间歇过。有限的人生旅程，无限的精神生活，所谓生命之树常青，对我而言，最大的恐惧是笔端枯竭。

我喜爱写作。一九八一年大学毕业，最初在《沈阳科技报》《辽宁科技报》《青年科学》写一些豆腐块文章，只有两三元稿费，比如科学点滴、名家名言。第一篇像样的文章《“相亲数对”的启示》七百字，还是出版社同事王大路帮助改好的，从此学会方法，陆续发表十余篇科普短文，算是有一点写专栏的味道。

我的第一个专栏，应该是在一九九五年《光明日报》。时任读书版编辑的李春林对我说，我看你的文字不错，为我们写一组专栏文章吧。我说不敢，我本数学专业出身，写点科普、书评还勉强，跟那些大家比肩写专栏却没有勇气。春林鼓励我说，试一试，应该没问题。写“蓬蒿人书语”八篇，反响不错，连张岱年、李学勤、葛兆光都来信鼓励我。二〇一〇年杨小洲在岳麓书社组织“书房一角”，列入我的一本《蓬蒿人书语》，就用的这个专栏题目。几年后我又在《光明日报》写第二个专栏“快语”，写了七篇，第八篇《重复别裁》被“枪毙”，也就算了。

在那段时间里，《沈阳日报》王辉经常约我写一些文章，没成专栏，但一些文章如《无法忘却的纪念》《书之爱，父之爱》《那一缕书香，怎消得独孤寂寞》，产生一些影响，使我有了写作自信。

二〇〇〇年初，王一方到《中国图书商报》任职，记者唐明霞约我在《阅读周刊》上写专栏。列题目“人书情未了”，一写就是两年多，每周一篇文章，共写了三十多篇。后来出版《人书情未了——一个出版人的手记》，就是以这个专栏文章为主成书的。

二〇〇六年，《辽宁日报》丁宗皓来谈，约我开一个专栏“开卷”，他建议：其一，他来命题，拿来书目，让我点评；其二，每月一篇，不计长短。这是我第一次跳出出版专业报纸或版面，写大文章。第一篇评黄仁宇，最初宗皓让我评《万历十五年》，我将《黄河青山》《赫逊河畔谈中国历史》等一并点评，写成三千多字长文，题曰“让游子的孤魂，牵着亲人的衣襟归来”。此文题目太长，还被林建法称为一种文章特色。在清明节时，天涯社区将其列为“天涯头条”发表，一天点击数万次。就这样我为“开卷”陆续写了三年文章，其间还在《中华读书报》开专栏“这一代的书香”。后来出版《一面追风，一面追问》和《这一代的书香》，就是以这些文章为主。

二〇〇八年，《中国新闻出版报》“读周刊”主编朱侠在网上读到我的文章，开始她以为我是退休老头，约我写一写老出版家。几番交流，朱侠提议专栏题目为“晓群书人”。我说以人名命名不妥，她说没什么。第一篇《陈原，一个通才的绝唱》发表，评报时领导问，谁是俞晓群？怎么能用名字开专栏？朱侠又写一篇文章《俞晓群，一个坚守文化的理想主义者》，专题介绍我的工作，那时我们还没见过面。后来这些文章成书，题为《前辈——从张元济到陈原》。

二〇〇九年我到北京工作。《深圳商报》张清、陈溶冰约我给“万象广场”写专栏，我犹豫再三，接了下来。没想到一写就是五年。先是“可爱的文化人”两年，接着“我读故我在”两年，再接着“六十杂忆”。已经结集出版《可爱的文化人》《我读故我在》。

二〇一〇年后，我在香港报刊写两年杂文。上海陆灏见到，他说在海外发的文章，可以再给他，在《东方早报》“上海书评”开专栏，每月大约两篇，一直写到现在。

对于文化人而言，开专栏是一个好传统，也是一个极好的生活方式。我早年最敬佩的专栏作家，有海派柯灵、黄裳、金性尧，台港金庸、董桥、林行止、蔡志忠。几十年前读过王蒙“欲读书结”，陈原“在语词的密林里”和“重返语词的密林”，至今还会记忆。其实在许多文化人身上，都挂着自己的专栏，多多少少，断断续续，一生不变。我目力所及，列出几位：

扬之水，最早读她的“棔柿楼读书记”，那时我还在辽宁教育出版社，为之编印成书，只印三百本，深为收藏家喜爱，薄薄一册，如今已被炒到几千元一本。张中行《负暄三话》有《赵丽雅》一文，他品评赵丽雅在《瞭望》上，以“扬之水”之名开专栏“脂麻通鉴”，惊叹：“你这小丫头片子想干什么？真太可怕了！”文章聚成《脂麻通鉴》一书，收入“书趣文丛”第一辑。

陆灏，他的笔不是很勤，但在《深圳商报》有专栏“东写西读”，署名安迪。陆灏文章以掌故为主旨，所言事端，都与个人小情趣相关。读陆灏文章，眼前会浮现出我们相聚时，他说话时的表情。面带微笑，即使说很搞笑的话或很重的话，微笑的尺度都不会有太大改变。应我一再请求，为之出版《听水读抄》一书，封面他亲自设计，用威廉·莫里斯图案，印在白布上。除了文章，书前有一沓彩色插页，都是名人字画。陈子善说：“陆灏露富了！”赵丽雅说：“当年见这些老先生，大都是我跟你去的啊，他们怎么没给我题写呢？”

毛尖，她是专栏作家中奶奶辈的人物，不是年龄，是数量与质量。她在陆灏主持《万象》时期被“拉下水”，从此不能自已。“在她创作的青春期，一周写七八个专栏，一天写六七篇文章的时候也是有的。”二〇一四年毛尖荣获“第十三届华语文学传媒大奖——年度散文家奖”，获奖书《有一只老虎在浴室》，有香港牛津版和海豚版。她在获奖致辞中说：“据说这是专栏作家有史以来第一次站在这个领奖台上，这让我有一种错觉，好像这个奖不是颁给我个人的，我是代表某个集体在接受这个表彰，或者更准确地说，是这个集体的多年努力，把我推上了这个领奖台。”嗯，毛尖笔端尖锐，为人还是很温暖。如今毛尖说不写那么多，只在“文汇笔会”上写一个专栏。

傅杰，此君为当世奇才。语言不多，但很会讲课；文字不多，但很会写文章；著作不多，但一出就是四本。《傅杰文录》四卷甫一面世，惹得各方人士一片惊呼。赵丽雅短信写道：“此公一向述而不作，惜墨如金，没想到一下子推出皇皇四卷。”陈尚君《南方周末》评论写道：“同事傅杰，上古读书人也。其习业为古汉语，故于先秦经子杂书无所不窥。喜编书，广交海内外学人，说各学人家数皆历陈长短，如在眼前，批评得失，亦多中肯綮。唯自著甚少，自今可数者仅戋戋数薄册，不能尽其学也。或诚如古人之为为己之学，不以著述示人为务，尤存古风欤！今夏忽推出雄文四卷……总为一百十三篇，可称富矣。”我揭露，傅杰也是专栏作家，在“凤凰副刊”上，专栏题曰“八卦碎片”。其中一篇《“除了朱熹就是我了”》，爆得近六万点击，那句调侃学生：“这些毁人不倦的兔崽子们啊！”已成坊间热词。其中文字之妙，文思之妙，实为当代文章楷模。

书　癖

俗语说:“人无癖不可与交。”“癖”是一种热爱，也是一种病态或准病态。我谈书癖，是病得不轻。

细说书癖，又有藏书癖、写书癖、做书癖和毁书癖种种，其中以毁书癖最凶悍，除却水火刀兵之外，暴政与不肖子孙，一定是书籍最大的敌人，毁书最大的操手。本文按下毁书不表，单说前三者，由我及身边朋友亲身经历，耳闻目睹，略述一二。

其一，我没有藏书癖。虽然职业使然，我存书多多，但那不是收藏，只是实用性堆放。数量之大，几万册是有的。究其构成，一是自己编的书，自认为很好，一定要长久存放；二是朋友编的书，互相交换，不必花钱；三是作者送的书，表达尊重，或让你了解他的写作；四是工作用书，看内容，看装帧；五是自己买的书，为爱好，为写作，为私藏。遗憾的是这最后一项最弱，所以存书价值不高。

回首三十年，总结我的遗憾，重要一点是珍藏作者遗存不够。一是题字，那时请启功题写书名如“九章算术”“写作大词典”等，比较容易；还有二十几位大作家都为“茗边老话”题写一段话，金克木毛笔写道：“百年世事匆匆尽，第一难忘是友情。老去尤知悲寂寞，深宵何忍对孤檠。”原件在哪里？找不到了。二是信件，顾毓琇、周振甫、汤一介、陈原、范用的信，有些保存，写《一个人的出版史》，放入几封，实在好看。还有很多遗失，因为搬家，数学家的信丢了一些，其中有苏步青、王梓坤、徐利治、梁宗巨、楼世拓等。前些年有收藏家对我说，你日常便签、纸条都不要扔，打包给我。

其二，我有写书癖。早年落笔，周围朋友常言：你这么爱写，不如去当作家，能写出什么名堂，不影响工作么？其实我写书成癖，有三个原因：首先我是宅男，七天大假，我不下楼，一直待在家里乱读乱写；其次写作与工作是一种互补，也是一种自我调节；另外自觉精力过剩，许多想法会滚滚而来，催着我快快落笔成章，五十岁后尤甚。所以我的写作不但数量多，门类也多，有出版、学术、杂文、回忆录等。它们看似杂乱，其实有一条主线一直贯穿着，那就是“数”：二十几岁著《自然数中的明珠》《古数钩沉》，三十几岁著《数术探秘》，四十几岁著《数与数术札记》，五十几岁著《五行志研究》系列，一直走到今天，还不算“癖”么？

其三，我有做书癖。说明一下，做书与编书密不可分，但又不完全相同。很早以前就有前辈提醒我，不要说自己是做书的，编书才是我们的本分，做书是编书的下一个环节，它主要包括装帧、设计、材料、印刷云云。有了这样的界定，我慎用“做书”一词，认为与编书比较，做书更接近商业的定义。

但近些年，可能是被书业竞争和数字化出版闹的，也是一种艺术追求的触动，我做书的热情渐渐升腾起来。海豚出版八年，我像打了兴奋剂一样，从海豚书馆、海豚文存、独立文丛，到董桥作品，再到小精装、西装书，诸如《鲁拜集》《莎士比亚》《牡丹亭》《丰子恺全集》等一路下来，花枝招展、花里胡哨，有时我都认不出过去那个追求“简装书”的自己了。网上时常有人骂道，把书做成这样，你想干什么？你在追求什么？

此时我已经建立一个理念：书可以做成一件艺术品！它一诞生就是唯一的，后人只能复制，不会再生，像桑格斯基《鲁拜集》那样。人类延续文化艺术，需要一代代疯子的出现。我知道自己病得很重，近些年六七次派人去欧洲学习，还在伦敦建立基地，深入西方书籍艺术的堂奥，拜鲍勃、王强等专家为师，都是饮鸩止渴、愈病愈重的表现。

我还认为，艺术是人类全部活动的终极追求。一些人看到我们这点癖好，可能会在私下骂一声：“什么癖，狗屁！”其实能被骂已经很好了，作为出版人，最大的悲哀是无人问津，最大的欣慰是一些高人纷至沓来，他们接受了你的设计，也就承认了你的艺术！

我们经常把“品牌建设”挂在嘴上，其实没有癖好，何言品牌？就癖好而言，由业余走向专业，能传宗接代、世世相传，不但要有天赋、策划、辛劳、坚持，还要有造化，常言道：造化弄人，你的那一点癖好留存，能有后辈珍惜、代代传承，不知要做几世好事、积多少德行呢？

这些年编书兼做书，我的观念中融入许多匠人思维。但我只是一个空想家，我身边有三个朋友，都是做书不可或缺的人物。

吴光前，他跟随我做书二十多年，身怀技艺，已臻化境。但他不喜张扬，此刻一定又在摆手："晓群，别写我，装帧界能人太多，我不行。"其实他很厉害，海豚版《鲁拜集》封面，是他按照原版图式一笔笔画出来；许渊冲《莎士比亚悲剧六种》和《牡丹亭》，还有《丰子恺全集》、祝勇《故宫答客问》、止庵《罔两编》等设计，都有超凡的技艺蕴含其中；王强《书蠹牛津消夏记》，也是他花费半年时间的倾心之作；韦力《觅理记》，他又突发奇想，拿出绝好的设计方案。需要强调，吴光前是艺术家，他的图书装帧，是在绘制图案、整体设计，辅以材料、工艺、新技术的思考。

杨小洲，我们合作几年，我称他是优秀的创意家。总结特长，一是保持个性，尤其是在艺术范畴，任性一定是一种美德。二是充满活力与自信，他脑海中的艺术空间奇异而独到，因而独步。标志产品有岳麓“书房一角”，第二辑“倒装蝴蝶页”的创意，着实让人惊愕。还有祝勇“故宫秘境文丛”，那图案貌似西方设计，其实每一朵小花、每一片云彩，都是从故宫博物院采摘而来。杨小洲是一位有故事的人，你讲他的糗事，他会跟着你嬉笑，好像在说别人一样。但这两年去伦敦淘书，他买书弹尽粮绝，每天吃面包，四处蹭 Wi-Fi，找到许多好书，产生许多好思想，说到这里，他嬉笑中眼圈已经红了。

于浩杰，我曾有《大工匠》一文写他。他小时在辽宁朝阳印刷厂生活，好打架斗殴，父亲希望他静下来，就让他跟几位做手工书的师傅学徒，做精装书。那些老师傅心灵手巧，只要有样式，他们自己制作工具，设计工艺，一定能做出来。于浩杰受老师傅们影响至深，他自己手又巧，当年做《董桥七十》真皮版，就是他跑到做皮衣的工厂，找到蒙古小牛皮，一张张切割、印制，恢复了此项工艺。近些年我们与西方设计师合作，于浩杰曾去伦敦，现场看他们的工艺操作。英国人很快发现，这个中国胖子一看就会，开始戒备他。那天一位犹太人工匠在手工烫金，看到于浩杰来了，就说今天头痛，干不了了。于浩杰把那些工具样式都记下来，回来后自己琢磨，制作工具，现在诸如皮料加工、手工烫金、竹节装饰等，他都可以操作，还要指导工厂操作，这不是做书癖，还会是什么？

记 异

编书三十年，接触很多舞文弄墨的人。谈到记异，无非异事、异人与异说。扪心自问，我之经历，异事似乎没有，异人我也不是，异说倒是有一段，那就是我一直研究的“数术”。

在现当代学科中，数术并不存在。我记得有两位专家曾为我的研究定位，一位是王充闾先生，他在为拙著《数与数术札记》作序时，称我的研究为“自然哲学”。再一位是郭书春先生，他主编《中国数学通典》，曾建议我写一本《中国数术史》，有称其为“前数学”的意思。最近，加盟商务印书馆的贺圣遂先生，又发此动议，劝我放下其他写作，专攻一段数术史。我觉得，贺先生的建议还是按照现代学科划分和规范古代文化，非我研究此问题的初衷。

简言之，我研究这劳什子，最初出于三个原因：

首先是对数术的无师自通，别人都觉得生涩、冷僻、荒诞，我却始终有一种似曾相识的亲近感。其次是我思考问题时喜欢独处，懒于交流，而近百年科学主义风行，数术久已落入糟粕的范畴，因此其研究领域几乎是无人区。二十几年前，我偶然发现“此处甚好”，也顾不得功名利禄、世俗行情的诱惑，早早“落草”其中，不肯再出来。其三是在数术领域中，可以立项研究的事情俯拾皆是，面对一个小问题，一点突破即天地无限，所考验者，不是你的眼光，而是你的天赋、精力和毅力。我平生，最喜欢厚积薄发式的学术生活，静默，静默，终于有一天爆发，那种快感，那种知其必然到来又不知其何时到来的心理感受，甚至超越生存本身的意义。编书是这样，读书也是这样。

最近，我的追求被傅杰先生肯定，他评价道：“正史以《五行志》最难懂，往往其言貌似荒诞不经，而深入开掘，又多蕴涵为人难察的历史隐秘，亟待有心人来重新审视。但这个工作又颇有难度，需要从事者既具备自然科学的素养，又具备人文历史的眼光，才有可能沙里淘金，获知真相，既还原古代的历史，又为现实提供启示。”后面略去傅先生对我研究工作的赞扬。

接着，我的“异说”又被江晓原先生看破，他在为我的新著《五行占》作序时，大体阐明三个观点。其一，霍金的“金鱼物理学”，也就是将人类想象成鱼缸中的金鱼，他们看到所谓真实的“客观世界”，可能只是隔着鱼缸看到变形的世界。其二，《五行志》就相当于古人看世界的一个“鱼缸”，我们视其为糟粕，无视其存在。其实今人批判古人，可能是五十步笑百步，也可能古人透过“鱼缸”看到的世界，在某些方面较今人所见更为真实。其三，江先生总结说：“晓群兄长期思考有关‘糟粕’问题，最终意识到‘历史在糟粕处断裂’，鄙意以为实属高论。我们已经长期习惯这样的思维定式，一旦某种事物被认定为糟粕，就极少有人再去关注它，许多人还避之唯恐不及。历代《五行志》中的史料就是如此。”

呵呵，能让江、傅二位高人关注，我内心中已经很得意。但沈昌文先生对此学问始终不以为然，他曾叹息说：“你们这些‘五〇后’啊，都神神道道的。”他说“看不懂”我的文章倒也没什么，这是沈公韬光养晦、混迹江湖的一贯手法；但他批评我这号称数术专家的徒弟，怎么总是算不好自己的前程呢？他时常调侃我说：“晓群兄修炼‘腾挪之术’可有大成？”二〇〇五年，他为拙著《数与数术札记》作序，其中写道：“中国的出版，至今病在谋略太多，机心太重，理想太少。俞晓群以及其他一批有志文化的理想型出版家，一再‘腾挪’自己的理趣，是至今出版文化疲弱的重要原因。”我想，这才是沈公讽刺我的本义。

好了，下面说一说我多年从事出版遇到的两位异人。

孙立哲。他是“五〇后”，身世沉浮，最富传奇色彩。我几十年阅人无数，无论天才，所遇最聪明的人，一定是孙先生。以三段故事为证：一是他少年时围棋下得好，有“震海淀”之称。他时常骑着自行车赶场下棋，后面跟着一群追随者。他对我说，聂卫平棋术很高明，但气度不行，小时候他曾经跟聂卫平下棋，聂让他几个子，没成想却输了，聂卫平当时就急眼了。二是孙先生知青时是赤脚医生，为农民治病、做手术，完全是无师自通，被当地老百姓奉为神医。后来他到美国深造，获得医学博士后。那些年他罹患疾病，需要开刀，在半身麻醉的情况下，孙先生竟然把手术的屏幕对着自己，指挥医生如何下刀。三是在孙先生的思想中，没有专业的概念，需要什么知识，他就学习什么、研究什么。查建英在著作 *Tide Players*（《弄潮儿》）中，有《赤脚资本家孙立哲》一文，其中写道："我发现，他在美国和中国的不同大学里同时报名兼修了多个学位课程——分别涉及商务、法律、金融、制药。当时他已经 52 岁。"二〇〇五年六月我去美国见孙先生，他又在哈佛大学读高级管理班。他对我讲，班内同学来自世界各地著名公司，第一年读高等数学，他不太灵光，有两个印度同学太厉害。

孙立哲被誉为"中国国际版权贸易的开门人"，我在辽教社做的许多名牌书，像《吉尼斯世界纪录大全》《工商管理大百科全书》等，都是他联系的版权。二〇〇九年我来北京海豚出版社工作，诸如融资等许多事情，也有孙先生的帮助。

郝明义。他是一位名副其实的出版大佬，几十年出版界聚会，你都会看到一位坐着轮椅的人，面容方正，气度不凡，那他一定是郝明义先生。郝先生与我同岁，三十几年做出版，历任台湾时报、台湾商务、大块文化总经理。他率先在台湾引进或推送许多知名作家，有米兰·昆德拉、卡尔维诺、村上春树、蔡志忠、朱德庸和幾米等，成功出版他们的作品，还有一些让我们至今记忆的畅销书《脑筋急转弯》《相约星期二》和《情商》等。郝先生的思想极为卓越且超前，他二十几年前预言，人类的二十世纪是科技世纪，二十一世纪迟早会进入人文世纪。而“出版是人文最初也是最后的保存，出版是人文最根本也是最尖端的推展”。这话说得多好。另外郝先生精通佛学，著有《一只牡羊的金刚经笔记》和《那一百零八天》。而我更钦佩他对《周易》的解读。记得本世纪初，我的工作遇到一些波折，郝先生以《易经》理论为我解说生活的道理，诸如六十四卦之“节”卦云云，他那一番精当描述，让我终生难忘。

更为奇异的是，郝先生自幼身患小儿麻痹症，但他的工作精力、质量、能力，大大超过常人，此事有他的著作《工作DNA》为证。多年来他睡眠很少，午夜时分还会打来电话讨论书稿。很多年前，有朋友对我说，郝先生腿脚不便，有时把稿件铺满办公室的地面，电话也放在地上，他一着急，会在地上滚来滚去，四处批阅。你想，一位跨国公司的老总，他的顽强，他的执着，每每想起这段故事，我都会眼睛湿润，还会愤然而起，努力工作，不敢偷闲。

女　史

在职业生涯中，与人打交道，称谓的问题最复杂。虽然有一些既定的传统与规范，但在现实生活中，还会有许多说不清、道不明的事情，或曰奇怪的感觉掺杂其中。

很多年前，沈昌文先生对我说，有一位李先生是吕叔湘先生的弟子，他们初次见面时，大家都称他“沈公”，李先生也跟着叫；后来李先生可能发现沈先生不足以称“公”，就悄悄改称“沈老”；再后来又改称“老沈”。这段故事一直被圈子里人传为笑谈。

但某一天我细想，沈先生的称谓似乎还有另一种解释，即真正与他亲近的人，都称他为“老沈”。不用说老伴儿白大夫，还有林道群、吴彬、赵丽雅、陆灏等，不分老幼，都直呼老沈。不信你看一看赵丽雅三卷《读书十年》，满篇都是一口一个老沈叫着。这也让我想到，我在辽宁工作时的故人，即使是“七〇后”的晚辈，每次见面也会直呼“晓群”，让新朋友感到奇怪。显然如此称谓，已经将人的习惯与情感融入其中。那么我们善意地想，李先生对沈先生的称呼演变，是否也是由“日久生情”引起的呢?

世道变迁，称谓的书面语也会发生变化。不知从哪一年开始，“女史”一词流行起来。我最初没太留意，后来有一件事情引起我的关注。那是在二〇一〇年，我主持编辑“海豚书馆”，为此专门成立人文馆，由编辑室主任W负责案头工作。W是一个小女生，北大研究生毕业，做事极为认真，经常会抱着书稿去图书馆查阅资料，帮助学者核对原稿上的问题，许多作者很感激她和团队的认真精神。有一天W在网上留言写道:“收到陈子善先生赠书，他称我为女史，心里有一种满足感。”显然是W认为，自己的工作得到陈先生的认可和尊重。

“女史”一词产生极早，有两个意思：其一是《周礼》天官、春官所属都有女史。天官的女史掌管王后礼仪，佐内治，为内史之属；春官的女史掌管文书，为府史之属。《汉书·外戚传》有："婕妤退处东宫，作赋自伤悼，其辞曰：'……陈女图以镜监兮，顾女史而问诗。'"遵循此意，女史也是对妇女的美称。

其二是古星的名字，《晋书·天文志》有："柱史北一星曰女史。"

比如我的作者名单中，有"京城三才女"久已获得赞誉：一是赵园，一九九五年辽教社出版"书趣文丛"第四辑，吴彬主持选十位青年才俊的作品构成，排在第一号的就是赵园《独语》，接着是吴方、李零、黄梅、葛兆光、李庆西、陈平原、刘东、汪晖、王振忠。再一是赵丽雅，"书趣文丛"第一辑就收入她的《脂麻通鉴》。还有夏晓虹，我在二十世纪九十年代初编辑"国学丛书"，第一批书目中有张岱年、金克木、钟叔河、江晓原等许多名人，也有陈平原、夏晓虹《旧学与新知》列入，后来未能完成。

再如当年《万象》杂志"三杰"，有严锋先生，还有两位女史：巴宇特与毛尖。毛尖已经说得很多，这次暂且不表。巴宇特本名沈双，是沈昌文先生的女公子，当年她的许多文章颇受赞誉，曾结集《迷失上海》，非常好看。如今她在美国某大学任教，常年海外奔波，最近有一部著作《哈英一族》将由海豚出版。她在北大读书时，王强正在北大做教师，当过沈双的辅导员。这次王强为沈双作序《阅读世界的歧路与正途》，他赞道："别出心裁四个字透露了作者对所谓世界文学的独特理解和隐藏起的抱负。文学文本可能构筑的，是整一的世界？这样或那样的世界？我的世界？他者的世界？我所描述的他者的世界？他者所描述的我的世界？文学文本企图揭示的世界的真实是一还是多？在此岸还是彼岸？来自生活者不得自拔的熟悉的本地性，还是他者（作者笔下游历者、移居者、翻译者）挣脱了特定文化羁绊的陌生、自由的思想的眼睛？"

在海豚做出版，有许多女性作家，如王安忆、方方、林白、恺蒂、钱红丽、赵荔红、雍容、黄昱宁、张怡微、姚峥华等等，她们都很优秀，做她们的出版人，是一件骄傲的事情……

此时我想到，还有几位我接触过的知识女性，我不是称她们为女史，而是先生。

首先是董秀玉先生。她是北京三联书店的老领导、出版家，我对她的了解是通过沈昌文先生。沈、董二位长期共事，沈对董有三个主要评价：一是女强人，做工作比男人还强；二是有办法，没有她拿不到的书稿，没有她办不成的事情；三是有思想，有文化见解。当然沈先生一高兴，还会讲起青年时代，他对于董先生的追求。

我对董先生的崇拜，有三件事情。一是二十世纪九十年代，我们曾在沈阳开办三联书店沈阳分店，需要拿到北京三联书店的授权。那时董先生任总经理，我见到她以北京韬奋中心为核心，在全国各地不断开办三联实体店，内心敬佩之至。二是她在任期间出版的一些好项目，诸如恢复三联《生活周刊》，出版《钱锺书集》《我们仨》等精品图书与畅销书，那种举重若轻、游刃有余的职业才华与气质，可能是许多出版人毕生追求却很难达到的境界。三是现在董先生已经七十多岁，据说她还在忙碌着，我们在“活字文化”和“小活字”的品牌中，在北岛编《给孩子的诗》、黄永玉《给孩子的动物寓言》等图书的背后，依然可以见到董先生一脉的身影。董先生不太写文章，但优秀出版案例太多，都值得后辈不断学习。

其次是丰一吟先生。她是丰子恺先生的幼女，在她十二岁时，丰子恺先生给她画了一张漫画像：一个留着齐耳短发的小姑娘，正趴在书桌上聚精会神地画画，留白处题有陶渊明诗句："盛年不重来，一日难再晨。及时当勉励，岁月不待人。"她是丰子恺漫画艺术的正宗传人，其绘画和书法都酷似她的父亲。

二〇一〇年我们为出版《丰子恺全集》，在陈子善先生陪同下来到丰家，拜访丰一吟先生，得到她的大力支持，使我们用六年时光，终于完成这部五十卷《丰子恺全集》。此中收入丰子恺漫画六千余幅，其数量大大超过市上常见的一两千幅，并且对甄别世间大量漫画赝品，可以起到定海神针的作用。

现在丰一吟先生已经八十八岁，前些天我们为制作《丰子恺全集》珍藏本，还请她题写"丰子恺全集"，刻在我们特制的书柜上。

其三是资中筠先生。早在二十世纪九十年代初，我们出版"书趣文丛"第二辑，就收有陈乐民、资中筠先生《学海岸边》。两位先生都在中国社会科学院工作，一位曾任欧洲所所长，一位曾任美国所所长。那时沈昌文先生引见，我曾多次与陈乐民先生、资先生相聚。总体印象，陈先生比较严肃，时而为时弊困扰，怒气上冲。当年“新世纪万有文库”出版胡克《历史上的狂人》，有人反对，陈先生还专门写序言《历史是不是理性的》，予以反驳。资先生面上温和，说话做事不紧不慢。那时她非常支持我们的工作，为《万象译事》写文章《回到常识与逻辑》，为“茗边老话”写三万字小书《锦瑟无端》，为创办《万象》杂志出主意。

一九九九年《万象》创办一年，最初印数很少，主编陆灏先生闹情绪，沈先生给许多人写信，让他们给陆灏打气。资先生写来一封很长的信，一面鼓励，一面出主意，细微备至。她说：“我认为《万象》比之于过去的《万象》并不逊色。才办了一年，有此声誉，特别是立即能拉来一批高水平的名作者，这就不容易……”

师 傅

今年过春节，世风有些变化，称我“师傅”的人突然多起来。那天海豚社办主任小D来电话，开口就叫：“师傅，新春快乐！在家待得闷吗？多出来走走。”当时把我叫懵，还以为他打错电话，怎么社长也不叫了呢？

记得二十多年前，有专家提议把出版搞成一门学问，许多大学纷纷开办出版专业，毕业生一茬接着一茬，专业教材出不少，优秀人才也出不少。但我却渐渐悟出一个道理，出版是一个经验产业，它最需要两个传承：一是内容方面的文化传承，一是经验方面的师徒传承。我身体力行，三四十岁开始追随陈原、沈昌文先生学做出版，在辽宁教育出版社、海豚出版社编书不少。还写不少文章，包括专栏“晓群书人”，后来结集出版《前辈——从张元济到陈原》；文章《陈原：我们的精神领袖》《谁是我们的导师？》和《永远的追随者》等。积年累月，一晃三十六载，终于把自己熬成一个渐老的守望者。前年我写过一篇文章《徒弟》，回忆我追随师傅的时候后有来者，一些晚辈同道纷至沓来，接续文化志向。我在文中没写“徒弟”的真实名字，从小A到小Z散散落落，没想到惹下祸患，对上号的、对不上号的年轻人都来调侃我，一口一个“师傅”叫得我心慌。

静夜闲思，除职业称谓，我获得尊称无外乎四种：老师、导师、师父和师傅。

称“老师”大多是对职业和年龄而言，说明不了什么。称“导师”就有些门道。前些年招聘编辑，有一位小W，她说读研时是我的学生。回忆起来，我确实在那所大学做过兼职教授，招生简章“导师”一栏中有我的名字，我却从未给学生上课，好生惭愧。遗憾的是我这坏毛病至今未改，一生性情，喜好静默，也是江山易改，本性难移。“师父”一词，容易让人想起电视剧《西游记》，三个徒弟加上一匹白马，面对唐僧一口一个师父叫着，被导演弄得怪声怪气，亲近与尊敬中夹杂着嘲讽。到周星驰《大话西游》，那一曲“ONLY YOU”，师父的形象彻底完蛋了。至于“师傅”一词，当代使用最普遍，尤其是工厂，师徒之间都用这个词。

翻阅典籍，这四个词都有来历：

老师——《史记·荀卿传》写道：“田骈之属皆已死，齐襄王时，而荀卿最为老师。”金代元好问《遗山集》中有诗云：“伯安入小学，颖悟非凡儿，属句有夙性，说字惊老师。”另外明代科举，亦见称考官为老师。

导师——佛教语，指引导人成佛之人，佛菩萨的通称，又指唱经者。《法华经·序品》写道：“最后天中天，号曰燃灯佛。诸仙之导师，度脱无量众。”还有宋代赞宁《大宋僧史略·国师》写道：“导师之名而含二义，若《法华经》中，商人白导师言，此即引路指迷也。若唱导之师，此即表白也。”

师父——南唐尉迟偓《中朝故事》写道：“咸通中有幻术者，不知其姓名，于坊曲为戏。……其人乃谢诸看人，云：‘某乍到京国，未获参拜所有高手，在此致此小术不行，且望纵之，某当拜为师父。’”

师傅——《谷梁传》昭公十九年写道："羁贯成童，不就师傅，父之罪也。"《史记·吴王濞列传》写道："吴太子师傅皆楚人。"

对于导师或师傅的认识与选择，我曾经在一篇文章中写道："其实芸芸前辈，彰明昭著，究其生活智慧，各有不同。他们的人生经验，有些可以学，有些不可学，有些一定要学，有些学不了。对我们而言，自然要结合自己的天资，结合自己的性情，结合自己的人生态度，结合自己的志趣，有所取舍，有所将就。我前些年说过，要学张元济做人，学王云五做书，学沈昌文做事，延伸下去，还要学胡适做学问，学陈原做文章，学范用做书人，学钟叔河做杂家。他们各有所长，各有所短，我们能够取其所长，避其所短，从中获取一二心得，都是一生的幸事！"

这里面我提到七个人：张元济、王云五、胡适、陈原、范用、沈昌文和钟叔河，他们都是我一生中值得学习与追寻的人物，只是各有侧重不同。

学张元济做人，今人有称"张元济不可追"，可见其一生高风亮节，堪称完人。此处仅举一例：戊戌变法时，张先生作为六品朝官，他与康有为被光绪皇帝先后召见，讨论新政。变法失败后，张先生受到“革职永不叙用”的处分。他一生牢记谭嗣同等六君子喋血街头的惨象，将那条“处分”作为人格尊严的界碑。后来朝廷下令，为张先生官复原职，他拒绝；张百熙推荐张先生为邮传部参议，还有外务部、学部、度支部诸职，他拒绝；宣统年间，袁世凯请张先生出任学部副大臣，他拒绝；民国时期，熊希龄请张先生出任教育总长，他拒绝；一九四九年一月，李宗仁登门拜访，请张先生出任国民党谈判代表，去北平与中共谈判，他还是拒绝。自二十世纪初始，张元济投身上海商务印书馆，直至终年，从而开辟中国现代出版先河。

学王云五做书，单说王先生出版文库版图书。他在一九二九至一九三四年间，在商务印书馆推出两辑“万有文库”，共四千余册。一九六六年，年近八十岁的王先生，又在台湾商务印书馆推出“人人文库”，每月出书二十册，面向青年，定价特廉，一直出版到一九七四年，一共出版了一千五百多册。从数量到质量，直到今天，在文库出版的意义上，国人仍无出其右者。

学胡适做学问，我敬佩胡先生不足三十岁时，大胆提出“截断众流”的观点，以及重写中国文学史和哲学史的才气与勇气。早年读顾颉刚《古史辨》，顾先生回忆在北大听胡适教授讲课，那时胡先生只有二十七岁，辟头讲“中国哲学结胎的时代，……骇得一堂中舌挢而不能下”。顾先生对同居一室的傅斯年说：“胡先生讲得的确不差，他有眼光，有胆量，有断制，确是一个有能力的历史家。他的议论处处合于我的理性，都是我想说而不知道怎样说才好的。你虽不是哲学系，何妨听一听呢？”傅去听了，也是满意。

闲读《胡适日记》，每见其卓越学识。像他给张元济写的《对于商务编译所的意见书》，实为中国现代出版开辟草莱之言。另外我近年出版童书，见到胡先生在一九二一年十月十日日记写道，自城外回来，坐在公共汽车上，续写下前日未写完的诗歌《希望》：“我从山中来，带来兰花草；种在小园中，希望花开好。一日望三回，望到花时过；急坏种花人，苞也无一个！眼见秋天到，移花供在家；明年春风回，祝汝满盆花。”正是经典流行歌曲《兰花草》的原作。

学陈原做文章，他首先是一位出版家，又是一位语言学家，还是一位专栏作家。比如《读书》之“在语词的密林里”，《万象》之“重返语词的密林”，作者尘元，就是陈先生。当年陈先生告诫我：“走商务印书馆的路，至少需要二十年的努力。”世事变迁，我做出版诸事蹉跎，但“走陈原的路”，按照他那样的模式做出版人，却是我一生的实践。虽然我知道，陈先生的才学是“一个通才的绝唱”。

还有学范用做书人，学沈昌文做事，学钟叔河做杂家，都不是泛泛之谈。比如范先生设计的书，从题目到内容，再到封面、版式，面面俱到，多有上品显世，称其为“书人”，名至实归。沈先生做事降低身段，甘当服务生，甘当知道分子，被王蒙先生赞为“京城一宝”，为我们带来欢乐。钟先生“两支笔”的观点，“学其短”的见识，“面向世界”的勇气，都是我们学习的无尽源泉。

这些好听的故事一时说不完，只待另文描述。

来 信

沈昌文先生八十岁后不断对我说，他有很多资料和信件，存放于“二房”（他的书房）之中，待他整理出来，一点点交给我保存。一晃六年过去，沈先生陆续送给我许多书籍和作者、读者来信，其中一些资料极其珍贵。他说，你留着吧，有些内容一时不能见人，总会有能见天日的时候。说此话时，他的脸上带着诡秘的表情。

从二〇一五年起，我们开始在海豚出版社陆续出版沈先生的书信集《师承集》《师承集续编》，都是影印件，没有重排。有些读者说看不懂，但此中也有深意。还有朋友提醒说，沈先生这样发表别人的信件，会引起来信者的不悦。怎么会呢？沈先生一生做事，举手投足，掌握分寸最为得当，每一个细节，他都会做到心中有数，这一点我早已经领教多多，深信不疑。

沈先生将董桥先生的信收入《师承集》中，他当然不会忘记给董先生寄书、写信、致意。董先生见到书后，在二〇一五年十月十二日，给沈先生来信写道："昌文兄如晤。信收到,《师承集》收到，谢谢谢谢。久闻此书已出版，终于看到，且是签名本，高兴之余，鞠躬拜谢。好多年不见，好多年没有联络，报刊上偶然读到吾兄消息，倍觉思念。我们都是退休老人，只要身体健康，心中记挂，天涯咫尺，无异千里共婵娟。弟虚龄七十五矣，闭门读书写字，但求平静，不求其他。吾兄心情，想亦如此。匆匆问安，顺颂秋祺。"就这样，又一段文坛佳话诞生了。

我从二十世纪九十年代初，开始追随沈昌文先生做书，他的许多工作习惯，对我产生很大影响。单说往来信件一项，自然让我想到最初追随沈先生，策划出版"书趣文丛"时的一段往事。当时涉及到的人有吴彬、赵丽雅、陆灏等，都是沈先生的部下或徒弟。我们分处北京、上海和沈阳，除了出差和电话，日常交往，写信是最主要方法。每次探讨一个问题，常常会写多封信件。

那是在一九九四年间，我们接续北京三联书店“读书文丛”，拟编一套外延的丛书，用沈先生的话说，就是三联出不过来的书稿，交给辽宁教育出版社出版，也即后来的“书趣文丛”。在起丛书名字时，我们正是通过多次信件往来完成的。

一九九四年五月二十五日，赵丽雅来信写道：“丛书名称，颇费思忖。‘文人’，似乎有自我标榜之嫌；‘读书人’，又用得太滥了。‘谈艺录’，面窄了点。忽然想到庄子《齐物论》中的‘大知闲闲，小知间间’（注曰：闲闲，宽裕也；间间，分别也。智慧宽大之人，率性虚谈，无是无非；小知狭劣之人，性灵褊促，有取有舍）。‘闲闲’一词，似乎很好。此外，‘闲闲’还有从容自得之意，字典中举有《诗经》的例子：‘十亩之间兮，桑者闲闲兮’，是形容退隐田园的快乐。这两个意思都很可取。即便不了解这两个典吧，从字面上解，也还明白。那么，可否就叫作‘闲闲文丛’呢？”

当日沈先生又打来电话，说他们一致选定名为“书趣文丛”。第一辑十册作者为：施蛰存、金克木、谷林、唐振常、辛丰年、董乐山、金耀基、朱维铮、施康强和扬之水。我记得，最初施蛰存先生的书稿定名为《忆事怀人录》，陆灏打来电话说，施先生又改为《沙上的脚迹》。

再有，在“书趣文丛”出版期间，还有一些不同的想法。比如是否根据不同的风格，出版不同的图书专辑呢？像“书趣别集”“书趣译林”“脉望丛书”等。

一九九四年十月二十一日，如一转来陆灏给她的信（“如一”即赵丽雅），其中提出欲编“脉望丛书”的事。陆灏写道：“‘书趣文丛’第二辑想到的选题有，施蛰存回忆类散文、金性尧读书笔记、徐梵澄的‘星花旧影’及其它，另外舒芜、吴小如亦可编集。香港方面的，迈克的《采花贼的地图》，林以亮、思果都有不少好文章。‘脉望丛书’辽宁有兴趣最好。你拟一个宗旨（可仿湖南的‘凤凰丛书’），介绍脉望的意思，编选体例有两类：一是再版已难找到的集子，如黄裳的《关于美国兵》、纪果庵的《两都集》；另一类是新编旧文，如瞿兑之、周越然、谢兴尧等。具体选目我们分头去征求意见，北京你可找谷林、姜德明、谢兴尧，我在上海找黄裳、周黎庵、金性尧、邓云乡，再把各人提供的选目汇总选择。这批书我都没有，所以很希望能出成。问一下老沈，米兰·昆德拉的《背叛的遗嘱》找到买家了吗？”

如一将陆灏的信转寄给我，又附一封信写道：“关于‘脉望丛书’的作者，你可能有几位不太熟悉。即便熟悉，也不一定知道背后的一些故事。黄裳的《关于美国兵》，写于抗战胜利后，那时是中国人第一次接触到作为盟军出现的美国兵，所以有不少新鲜的感受。前几年曾交给三联，老沈满口应承，但由于另一位主事者坚决反对（理由是讲了美国兵的好话），终于没能付梓。瞿兑之是清大军机瞿鸿禨之子，文史掌故极熟；周越然是著名藏书家（以在商务馆编印英语模范读本赚钱而成为藏书家）；周黎庵（即周劭）在上海沦陷时期曾主持一度被定为“汉奸刊物”的《古今》。瞿、周二人，都是《古今》的作者，在上面发了很多文史札记，今日看来，仍极有价值。谢兴尧是研究太平天国史的，出道很早，当日享有盛名。纪果庵也是《古今》的作者，周作人曾为纪果庵、金性尧二人的集子合写过一序（收在《知堂序跋集》中），纪果庵的这本集子就是《两都集》。关于‘脉望丛书’之‘脉望’语出《酉阳杂俎》：‘蠹鱼三食神仙字，则化为此物，名曰脉望。’算是蠹鱼之雅称，并很有点美丽的意思。字面并不生僻，叫起来也上口。未知尊意如何？”

上面几封来信，对后来六辑、六十本“书趣文丛”的策划与出版，起到关键作用。此中有四点说明：

其一，围绕这套丛书的种种想法，诸如别集、译林等，沈昌文先生认为，还是从长计议，暂时一并称“书趣文丛”为好。

其二，在陆灏、如一来信中，“脉望”一词第一次露面，应该是陆灏先生最先提议，后来不知谁建议，没有用作丛书名，却用作策划人的名字，包括沈昌文、吴彬、赵丽雅和陆灏。

其三，那时陆灏、赵丽雅写信最勤，尤其是陆灏，每次都长篇大论，罗列书目、期刊拟目等，还不断向我绍介作者和文章背景。也是他们知道我本理科出身，需要边干边学。在脉望的团队中，吴彬不大写信，且惜字如金。遍查我在那两年的书信收藏，只找到一封吴彬写来的短信：

俞晓群：抱歉，今早上托贵社的小陈给你带回的陆灏选题单漏了最后一页，特补上。吴彬十二月二十八日

另外在一九九四年，沈昌文先生在任《读书》主编，高高在上，我们之间的交流是通过赵丽雅、陆灏转告，所以那时沈先生很少有来信留存。直到两年后，他从《读书》主编位置上退下来，他在一九九六年一月三日来信写道："亲爱的朋友：我已遵示退休。为便于交接，经商定，《读书》杂志至一九九六年第四期止，仍由我担任执行主编；第五期起，我即不复主持《读书》编务。……我退休以后，还将以各种可能的形式，服务文化，服务学术。希望海内外各位朋友仍然时赐教言，提示意见，为本人提供为中国开放、改革继续效力之机会。"此后他的来信就多得不得了了。

其四，后来《万象》杂志创刊，同时出版"万象书坊"，收书范围扩大，有了小说、译著等内容。

国　学

二十世纪八十年代，有很长一段时间西风劲吹，直到九十年代初，学术风向出现转变，所谓“国学”有振兴的苗头。那时我在辽宁教育出版社做副总编辑，曾经顺应潮流，组建两套丛书，即“国学丛书”与“中国地域文化丛书”。那一段往事，也可以在我留存的记忆与信件中得到体现。

先说“国学丛书”。

我最初的创意是编一套“国粹丛书”。一九八九年五月四日，我曾写信给上海社会科学院哲学所周山，向他请教如何来做。那时周山四十岁出头，专攻中国逻辑史，还写小说、注说《周易》、撰写专栏等，满身才华。此时周山正在为我们主编“东方人生五大难题”书系，他写《东方情欲论》。

六月一日周山来信说：“文化遗产问题，大致可分为物态、礼态、心态三大类。物态即与人们的衣、食、住、行相关的方面，如建筑工艺、饮食、服饰三方面最为突出，也比较容易引起人们的兴趣。以建筑为例，从纵向看，有几千年绚丽的历史，各有特点；从横向看，建筑物样式、规格、图案乃至色彩，都渗透着中国文化的精灵，也渗透着中国文化封建等级观念的精神，大可一写。如服饰，不同时期有不同特点，不同阶层又有严格界限，不仅反映在质量上，而且反映在工艺的图案设计上，如帝王饰配物是龙，嫔妃是凤，平民是狮、豹、兔等动物乃至蜻蜓、蝴蝶之类的昆虫。冠，更是分别阶级的标志，越规一步，便带来杀身之祸。总之，既有工艺欣赏，又有中国传统文化的综合展示，亦可一写。又如国人的饮食，其重点在‘色’之上，可远溯几千年，堪为人类之最。历史博物馆中陈列的早在数千年前的那些青铜器，大都是供上层阶级吃喝之用的酒、食器皿，这些大大小小、千形万状的东西，无论吃的用具、吃的品级，还是食品的工艺，均可大书一番。在礼态文化方面，中国无疑是人类历史上最完善的封建政体，其权谋术数，习俗礼仪，均可一展。尤其是中国那一套权、势、术、数，在皇权神授的掩护下，至今虽千年而不衰。至于心态文化方面，我以为最值得一书的是中国人的处世哲学。人身依附观念、均贫富观念、中庸无为观念等，深入骨髓，尤如武侠小说中描写的高手之内功，绵绵不绝，绝非西士之霸道外功所能一时催折。”

周山来信，为我树立信心。恰逢这一年年底，我去北京见到《光明日报》评论部陶铠、李春林和梁刚建三位，他们约我谈组建“国学丛书”的设想，从而接续上面的想法。

一九九〇年我们整整忙一年，组建“国学丛书”编辑部、编委会，开列首批书目。到十一月，李春林来信，寄来楚图南题字“国学丛书”，还有广告词：“承继前贤未竟志业，展现传统学术风貌”。以及一段“编辑旨趣”：“华夏学术向以博大精深著称于世。降及近代，国家民族多难，祖国学术文化得以一脉未坠，全赖有学见之前辈学人参酌新知，发奋研治。‘国学丛书’愿承继前贤未竟志业，融汇近代以降国学研究成果，以深入浅出形式，介绍国学基础知识，展现传统学术固有风貌及其在当代世界学术中之价值意义，期以成为高层次普及读物。”还有第一批书目《国学今论》（张岱年等）、《宋明理学》（陈来）、《谶纬论略》（钟肇鹏）、《天学真原》（江晓原）等。

另外“国学丛书”编辑部成员中有葛兆光，他当时已有专著《禅宗与中国文化》问世，名声很大，是那一代文化青年的偶像。老葛做事极为细心，他在这年十二月十八日来信写道：“晓群兄好，最近我与几个‘国学丛书’作者都通了信，总的看来情况很好。我想提个建议，请辽教于新年前给每个作者寄一张贺卡，一来联络感情，二来起个督促作用。”

再说“中国地域文化丛书”。

这套丛书，最初也是通过读者来信提出来的。那是在一九九〇年一月五日，新疆社会科学院文学所刘宾来信，他说看到辽教社的图书广告，提出两个选题建议：

其一，“是否可建起一个有关‘伊斯兰世界’的子书系？对外开放的含义当不仅指西方而言，中近东国家在本世纪末和下世纪初极有可能成为我国对外开放的最主要的对象之一。且这一地区在经济、文化等诸方面均有自己的突出特点，尤其是在对待‘文化冲突’上有多种不同类型的超前经验；况且，就宗教和文化而言，中近东地区同我国西部地区有着密切的历史联系，出一些这个研究题目下的著作，无疑同样具有借鉴意义。随信附上一份写作提纲，系我院从事西亚、伊斯兰世界研究的一位同事的写作计划，题为《走出沙漠》，不知可否列入‘当代大学书林’？”

其二，“建议拟定‘中国地域文化研究’丛书，组织各地学者，对学术界目前划分出的中国地域文化类型分别作出理论上的归纳和阐述。如果说，周谷城先生主编的‘中国文化史丛书’是对文化发展过程（包括各地域的、民族的、学科类别的等）的实证研究，匡亚明先生主编的‘中国思想家评传’丛书（一百种）是以精英文化为线索、理清中国文化发展承先启后的思想脉络的话，那么拟定中的‘地域文化研究’丛书，则可以从历史的、地理的、民族的、民俗的角度，对中华文化开展类型学研究，它将侧重于理论上的阐述，不妨视为上述著作的姊妹篇，无疑在推动我国文化学、文化人类学研究的开展上，将取得公认的好评。此议倘若被采纳，本人愿效微薄之力，承担有关新疆文化的选题。（此题可有两个思路：一个是对我国地域文化历史类型的研究，这种类型要确定时代的下限，如‘新疆文化论’可改为‘西域文化论’；另一个思路是按现今的地域文化类型划分，做纵贯古今的研究。后一思路似乎具有更为明显的现实意义。）”

一九九〇年二月十三日我给刘宾去信，感谢他来信中的建议，同时希望他能主编“中国五大地域文化”书系。刘宾复信说，他同意写《西域文化》，但主编之事，却以“身居边陲，联系诸多不便”为由推辞。但他还是列了一个“地域文化书系”的书目，供我们参考，即中原（或华夏）、西域、齐鲁、湘楚（或江汉楚）、巴蜀、闽粤（或岭南）、吴越（或江浙）、关东等。信中还附有他的一篇长文《评“历史文化共同体论”》（新疆日报，一九九〇年三月九日）。

有了上述讨论，我向《光明日报》李春林请教。春林对“地域文化”项目大加赞赏，他建议我去找《文史知识》编委胡友鸣，因为当时该刊正在做“地域文化”专刊。同时春林还向我们推荐几位作者。老胡北大毕业，是葛兆光同班同学，学识深厚，个性十足。他参与整套书的策划工作，推荐许多作者，自己还创作一部《台湾文化》。应该说，虽然我斗胆挂名这套丛书主编，而胡友鸣才是真正意义上的主编。有他的策划，有《文史知识》丰厚的资源，才有“中国地域文化丛书”后来的发展和成功。

一九九一年，“中国地域文化丛书”开始陆续出版。书前有我与沈放合写“编者札记”；每本书封面上引一段廿四史《地理志》上的话，也是沈放的创意。沈放还对我说：“我们应该以此为基础，再搞一部文献性质的大书《中国地域文化》，十六开本，精装；以一个个地域为章节，统一体例，统一风格，力求经典化。那时我们再写一篇十万字的‘编者札记’，总结这一段工作。”

我将想法告诉老胡，他来信说：“地域文化丛书出合集事，我考虑了一下。按目前组稿的情况，部分重合的现象恐难以避免。另外，还有一些比较相近，这都较难处理。似还得考虑数目上的好看，或曰习惯。

暂拉一下：齐鲁、荆楚（包括近代湖湘）、吴越、巴蜀、中州、三秦、三晋（秦晋似较接近）、关东、岭南（广东、广西、越南北部——这是一般概念）、西域、燕赵（似可将北京作为其中的一个重点）、草原、滇黔（云南、贵州，以介绍少数民族文化为主）、闽赣、青藏、两淮（含徽州）、台湾。……另外，过去书目上有‘桂文化’，与我们都是四个字的书名不相称。桂有‘八桂’之称，若还来得及，请添一字，则更完美些。”后来工作忙乱，这本合集一直未能启动。

变　轨

一九八一年临近大学毕业，当时我踌躇满志，决心继续做学术研究，希望在纯数学领域得到深造。为此我报考某大学一位数学教授的研究生，并且在考试前来到他的家中请教。老教授为人坦诚，他当时说出两个观点，对我人生道路的选择影响至深，也是我最终没有从事数学工作的重要原因之一。

首先他说，数学尤其是基础数学与其他学科不同，它的学术体系历史悠久，逻辑缜密，绵延不断，每一项研究都需要从头起步。但人生短暂，所以天资平庸的人投身数学，可能一生都在路上，根本达不到顶峰，哪里还会有新的发现与发明呢？能做一点修修补补的工作，或者做一个称职的数学知识传授者，已经很难得。

其次他说，我劝你不要考我的研究生。你让我指导本次考试出题方向，怎么指导？其中有一道微分方程的大题五十分，其实它是一个定理，是几代数学家花费百余年才证明出来的。现在我如果告诉你，就跑题了；我如果不告诉你，哪个学生有那样的天赋，能在两个多小时中自己证明出来呢？

后来进入考场，打开试卷，那道“五十分的大题”赫然在列！虽然事先我也将微分方程中的定理努力温习一遍，但内容太多，我没有得到教授的指导，自然无法将那道题完整地证明出来。也是这道题的作用，使我最终未能被录取。

一九八二年大学毕业后，我来到出版社做数学编辑。当时二十几岁的我，已经没有再次报考纯数学专业研究生的欲望，但未来走什么道路的问题，依然不断地折磨着我的身心。今天回忆自己走过的道路，大体可以分为三个阶段：一是迷茫期，我开始试着撰写一些科普文章，曾出版《自然数中的明珠》《今日数学中的趣味问题》。二是探索期，我也曾试图步入数学史、科学史和科学哲学领域，曾参与著译《潜科学导论》《数学经验》等著作。三是变轨期，也就是我目前还在行走的学术道路，是数术，是中国古代哲学，还是“思想的另一种历史”（葛兆光语）？

说到“变轨”，起初是我发现一些数学史著作谈到“数的定义”，都在引用《汉书·律历志》中的一句话，“数者，一十百千万也，所以算数事物。”有一次我发现，这只是半句话，它的全句是：“数者，一十百千万也，所以算数事物，顺性命之理。”此中讲述了数的两个功能：算数和算命。我对此充满好奇心，希望能问个究竟。当然，我的好奇与江湖术士的取向大相径庭，但我身边的数学师友，大多对此采取冷淡或回避的态度。他们或称不通此道，或表示要划清界限，或对我的研究方向忧心忡忡。不过我按照自己的思路走下去，却发现此处别有洞天。

二十世纪八十年代末，我开始在人文期刊上发表相关论文，诸如《论“易数”与中国古代科学的联系》《人类的烦恼：“无限”的神学解释》等，还出版一本小书《古数钩沉》。我把这些东西送给吴振奎老师看，他与我交往甚密，经常指导我的数学编辑工作，帮助我策划“世界数学名题欣赏”丛书，有陈景润《哥德巴赫猜想》、胡久稔《希尔伯特第十问题》、吴振奎《斐波那契数列》等，后来这套书获全国教育图书一等奖。此时吴老师在天津商学院工作。他看到我关于《周易》研究的文章，在一九八九年二月二十日来信写道："你还应该把'世界数学名题欣赏'继续做下去，还有很多问题值得一做。像《货郎担问题》《完美正方块问题》《四色定理》等。……看了你的近几篇文章，使我想到了诺查丹玛斯，他的不少寓言均出自'数'（如'七大'等）的启示。我很欣赏君的文笔，我过去讲现在仍讲，除了发稿子，你应该搞一点自己的东西——只是别陷入某些'泥潭'中。神或许是人造的，但它不可亵渎。真搞不懂！"他还说，他曾经见过一本《古兰经与数》（油印本），也会找来送给我。

一九九〇年十月，我写成一万多字长文《数在中国传统文化中的意义》，在《自然辩证法研究》上发表。事前我寄给郭书春先生看，他是数学史专家，曾汇校出版《九章算术》。他回信说："讨论非计算意义的'中国数'非常有意义，你的许多论点也有创见，别开生面。但文中有几处不太准确，我用铅笔勾了一下。一是哲学界到宋代仍有'周三径一'的说法，我勾掉了‘哲学界’，实际上，在数学与天文历法中也常使用周三径一，郭守敬制定授时历，便用周三径一。此句之前，中国人很早就认识到圆周率是一个小数，我改成了‘不是整数’，小数的认识应在宋金时代。历法自汉至元停止了一千多年，提法不妥。迟迟没产生小数的问题，各个民族数学史中，都是先认识分数，很久之后才认识小数，尚未见到例外情况，这可能是一个规律，与‘中国数’关系不大。中国人认识并使用小数在各民族中是最早的，小数的使用在唐中叶之后已屡见，宋秦九韶《数书九章》，元李冶《测圆海镜》已有完整的小数表示。”

一九九二年初，我又写文章《论中国古代数学的双重意义》，后来在《自然辩证法通讯》上发表。我曾将此文寄给刘钝先生看，他是“国学丛书”《大哉言数》作者，那时他正在剑桥李约瑟研究所做访问学者。他回信写道：“文中有些情节正是我所怅然有所悟却感表达起来力所不逮的。自然，在我所置身的研究传统中，也不大可能投注较大的精力在你所用功的课题或取向（approach）上……然而就我本性而言，是极不适于做考据性质的工作（如郭书春先生那样）的。近年来也开戒，力图在科学社会史方面做一点尝试，当然都是浅尝辄止。至于从大文化的角度来审视中国古代科学的努力，则自感缺乏才智及勇气。对于江晓原兄（还有你这一篇中所表露之）灵气和洒脱，我是十分羡慕的。……就科学史研究的方法而论，自本世纪初开始以来就一直存在着逻辑主义和历史主义这两大派别的争论，尽管五十年代以后，Kuhn、Feyerabend、Lakatos 等历史主义学派人物通过自己的工作（或理论系统）揭穿了那种按照现代逻辑构造科学史的荒谬，但那种唯现代科学是取的标尺仍然顽固地、反复地出现在各类学科史的著作中。你通过对中算双重性质的阐述也表达了与历史主义者相同的信念。这使我想起 Kuhn 在读研究生时曾长期为亚里士多德的《物理学》所困惑，有一日突然顿悟：原来亚里士多德用的是另外一套语汇，如果完全改用另一部辞典来读，那么一切疑惑都消失了，一切原先认为不可思议的都变成可以理解的了。这是因为：在不同的科学传统之间存在着不可通约性（incommensurability），唯有借助观念的转换、置身当时的研究传统中去读当时的著作，才能得到合乎历史的理解。我们对算学、中算家，对他们的成果，也确实需要‘身临其境’地加以理解。”

细读刘钝来信，给我巨大鼓舞。一年后我的专著《数术探秘——数在中国古代的神秘意义》完成，在北京三联书店出版。

书　蠹

本文专谈王强。

这世上叫王强的人太多，他们几乎遍布于社会的每一个群落。那天在北京小聚，有赵丽雅、王强在座，他们第一次见面。赵丽雅是一位“两耳不闻窗外事”的人，我介绍说，他是新东方“三驾马车”之一，她说不知道；我说，他是电影《中国合伙人》中佟大为扮演王阳的原型，她也说不知道；我说，他是中国名列前茅的投资机构“真格基金”创始人之一，她更不知道了。但她突然说，想起来了，你是陆灏《上海书评》上经常写文章的那个王强吧？

类似的情况，王强一定遇到很多。你看他幽默地说：“不奇怪，日常乘机或住宿时，我经常遇到因为重名惹来的麻烦。有一次一个通缉犯也叫王强，结果警察把我仔细盘查半日。”

回忆起来，我与王强相识很早。二〇〇〇年前后我还在辽宁教育出版社时，出版他的《王强口语》三册。当时王强还在新东方任职，那套书印得漂亮，卖得也很好，直到现在王强还说，那是他早期出版的一套最好的教材。

自二〇一五年末，为了那本《书蠹牛津消夏记》，我开始与王强再续前缘。此后一年多来，我与海豚出版社的网页，始终被“王强”二字占据着大半的版面。也是这书与这人太火，一本五万字的小书，附有几百幅精美的书影，讲述一位藏书家的故事，卖到一百多元一册，一年不到就有近两万册的销量。尤其是王强先生，他竟不时撇下各种活动和生意，带着他的新书一座座城市奔走，讲述他藏书和爱书的理念，引来一处处爱书人的骚动，从上海、深圳、广州、北京、台北、成都，后面还有沈阳、香港等一串城市名单期盼着。做此事王强有一个原则，那就是每次演讲活动他都坚持自费，决不让主办方花钱，连住宿、吃饭都由他自己埋单。

我陪伴王强去过几个地方，人们都说，听他的演讲实在是一种享受，我乐于一次次享受他的故事和激情，还有他那浑厚而富有磁性的男性中低音。在此期间，不断有记者问我两个问题：

其一，王强为什么把书稿给海豚社呢？我在此书序言中只谈到三年前的约定，他守信，我准备充分。其实还有深一层的原因。一次我们讨论书稿后小聚，他那天高兴，破例喝了一些红酒。他说自己在京是“三无人员”：无车、无助理、无保姆，我顺路送他回家，他在车上对我说，沈公、陆灏和晓群你们这些人，一辈子为文化建设奔忙，做了那么多非商业化的好书，你们的志趣与追求让我敬佩。在当今社会，如果这样一些老老实实做文化的人没有地位，受到冷落，得不到支持，那实在是社会的一种悲哀。

其二，王强为什么如此受欢迎呢？说实话，这个问题也使我产生过思考。如果说他在新东方讲台上演讲，聚来上千学子洗耳恭听，那不奇怪。据说王强最能拿住听众的声音是读英语，我问过他本人，他笑着点头，还答应有机会做一些朗读视频。因为他做过北大学生话剧团团长，有表演天赋，也喜爱朗诵。如果说他在金融投资方面演讲，聚来上千的创业者，听他讲述资本的故事，那也不奇怪。他与徐小平、张亚哲等创办真格基金，几年之内能将几千万资金增长到几十亿、几百亿，一些神话般涌现出来的新兴产业如聚美优品、一起作业，以及电影《十二公民》等，甚至无人机、真空列车等尖端项目，都可以见到他们的身影。可以说，这是如今最热门的事情，怎么会没有听众呢？陆灏说，他曾请王强给上海报业集团讲过一次投资，听众蜂拥而至，连过道上都站满了人。

但是现在，王强是在讲书，而且是讲书的收藏，而且是讲西方书的收藏，而且是讲十九至二十世纪初那一段珍本书的收藏。如此个性、专业的话题，但这才是他的真爱，正如他书中引用的那句话："没了书，我还会是谁？（Who am I, with no books）"奇怪的是，王强爱书的激情，竟然能够动摇久已固化的社会结构，迅速得到许多专家的赞誉，赢得小众乃至大众的热情。

比如在二〇一七年初台北书展上，王强在台湾商务印书馆展台前签售香港牛津版《书蠹牛津消夏记》，那长长的排队，香港牛津大学出版社总编辑林道群说，发来百余本书都已卖光；读者又纷纷跑到临处大块文化出版公司的展台，找寻他几年前的著作《书之爱》（即大陆版《读书毁了我》），买来请王强签字，存书也一扫而空。接着他在展会上发表主题演讲《书蠹三十年·台北听春》，能容纳几百人的会场挤得满满登登，精彩的演讲不断迎来掌声与笑声。最终台北书展主席赵政岷先生发来致敬函：“很谢谢您的参与，让此次书展大为增色。”那一刻，我的内心中竟然涌出一种自豪感，一是近三十几年来，大陆出版界一直被认为，与海外出版比较，始终存在着五至十年的差距，此刻我产生一种赶上来的感觉，应该格外珍惜。再一是王强，所谓改革开放三十几年，中国孕育出一批时代精英，他们在世界上受到更多的尊重与赞扬，你怎能不为之感动呢！

话说回来，听众对王强的兴趣到底在哪里呢？我想到三点：

首先是立志，但不是“鸡汤”，而是一种生命智慧的凝结。他说对他影响最大的三位作家是弗吉尼亚·伍尔夫、蒙田和周作人。他赞扬的书如《红楼梦》，林纾多种译著，朱生豪译《莎翁全集》，李丹和方于译《悲惨世界》，陈登颐译《世界经典小说100篇》等。他说，“读书唯读一流书，做人要做一流人”；“少读新书，不读畅销书，给它们留一点沉淀的时间”；“经典的‘无用’，正是它的‘意义’”；“阅读可以碎片化，阅读的心态不能碎片化”；“书虫的标配是一个流浪汉、一条狗和一本书”。

其次是收藏者的追求，王强的追求，表现着他的人生态度。他说，“藏书，让我有了生命延续的幻觉”；“藏书与猎书，是人类走出山洞之后的原始时代生存最重要的两个状态——采集与狩猎”；“藏书的四个标准是品相完美、首选英文、公认经典和穷尽一个人的作品”；“以阅读者的心态收藏，而不是以收藏者的心态阅读”；“藏书的目的接近一种宗教感，藏书家只是一个文化守望者，书只是一种暂时的存放，那也要感谢上帝的青睐”。

最后说几个有趣的故事。他们的故事确实好听，从卢跃刚《东方马车》到《中国合伙人》，总会让我想起胡适、徐志摩、林徽因那一代人的余韵。前不久在成都方所，另一位合伙人张亚哲赶来主持王强演讲。张兄有一米九几的身高，衣着整洁，一尘不染，气质温和细腻，一副域外绅士的风度。他震动我的不单在外表，更在他演讲的才华，他们都是新东方精英一派的风范，长时间无停顿、无间歇地侃侃而谈，高堂讲章，文坛八卦，貌似不需思考，才思滚滚而来，实则逻辑缜密，用语精当得体，丝毫不走板儿。尤其是他的目光中，不时闪烁出一点迷离的情绪，据说那是最令异性心动的秀色。他说正在构思《中国合伙人》的续编《从新东方到真格基金》，也要出书拍电影。

我们夸张亚哲的风采，他自谦说自己仅次于王强。是啊，我最爱听还是王强与俞敏洪之间的调侃，大学时他们是同班同学，王强是班长。我感觉他们在同层的平台上刚柔并济，一个在示强，一个在示弱，但都是有大智慧的人。王强示强，大学时俞敏洪请王强推荐书目，王强送他一套删节本《金瓶梅》；老俞问为什么不送全本呢？王强答这也是一种修炼，你若能将那些删除的字句补上，就可以超过兰陵笑笑生了。俞敏洪示弱，他读王强《书蠹牛津消夏记》，写网文《书蠹王强》，引来几万点阅读。他调侃王班长爱书如命，借饭票可以，甚至不用还，借书就不行，比借女朋友还难；女朋友战胜王强的最有效办法，就是拿起他的书就走，此时王强会立马投降。但谈到他们之间的合作，那段话还是深深地感动了我，他写道："如果没有王强和徐小平的理想主义，新东方也许到今天还在世俗的泥潭里，而我还像猪一样地滚着。"

总之王强故事太多，还有许多谜一样的事情，他不会回答。比如他到底藏多少册书？价值几何？他被牛津大学哈里斯·曼彻斯特学院授予终生基石院士，校长彭定康也来参加仪式，他们说了什么？还有他那张黑色的金属信用卡，又为他增添了哪些趣事？

但有一点我得到确认：王强是一个始终保持个性的人，也是一个高骄的人！我是从他背诵葡萄牙诗人佩索阿的那首诗歌中，从他深沉的语调中，得到印证：

塔古斯河美过那条流经我村庄的小河，但塔古斯河却又美不过流经我村庄的小河，因为塔古斯河不是流经我村庄的小河。

读　经

经史子集，我先说读经。

此前我在文章中谈到唐振常《四川军阀杂说》，他在书前题词，引苏东坡佳句："斗酒纵观廿一史，炉香静对十三经。"此中唐先生将"炉香"写为"炉手"，后来王辉兄指误，有苏东坡手书碑刻为证，"香"字正确。再者"焚香读经"也有出处，朱熹《周易本义》讲卜筮的仪式，要选一个洁净的地方，"置香炉一于格南，香合一于炉南，日炷香致敬。……筮者斋洁衣冠北面，盥手焚香致敬。"

当然唐先生的下一句话才是重点："录东坡句，藉喻读书有深阅浅览之别。"他是在说读书的方法不同，读史可以"饮酒纵观"，读经却要"炉香静对"。对照恁些年读书感悟，我从读经到读史，越想越有道理，因此想把书房命名为"深阅浅览斋"，把下一本集子命名为《深阅浅览斋随笔》，甚至连一枚“深阅浅览斋”印章都刻好，嵌在新著《杖乡集》封底上。

回忆自己读经的过程，因为早年“文革”荒废，后来又读大学理科，没有接受文科的正规教育和训练，实际上多年研读古代典籍，都是凭着个人兴趣，以长辈为师、以友为师、以书为师的。

我自认的导师之一王充闾先生，他小时候读私塾，根底扎实，学问让我敬重。在辽宁工作那些年，我经常拜访他，倾听他的教诲。大的道理不说，即使在细微处也对我影响至深。比如王先生曾跟我谈到两件事情，一是经典概念的滥用，像“四库”，已经是古人既定的名词，分类与内涵都是铁定的，不能异想天开，再拿出来标新立异。再一是我撰写《数与数术札记》，请王先生作序。他听闻此事，首先问我：“你能告诉我，《易经》与《易传》有何区别么？”我回答后他才接过书稿。王先生对我说，有些人连经传都分不清楚，就敢号称易学专家，我也是被他们弄怕了。

最初读经的书目，首推《周易》。二十世纪八十年代，我的作者周山才三十几岁，复旦自然辩证法专业出身，在上海社科院做助理研究员，他向我推荐台湾学者孙振声《白话易经》，还买一本寄给我。这是一本盗版书，淡粉色的书装，那一代许多青年人读过此书。可以说，《白话易经》是我读经的启蒙著作，首先它是“白话”，便于我们这一代人阅读；其次此书的解说通晓顺达，比如孙先生说：“《易经》是简易、变易和不易的哲理。”他还说：“《易经》是周公在囚禁中完成的，所以涵义隐微，充满危机感和忧患意识。”这样的观念，对我一生的研习都产生重要影响。当然，周山的著作《易经新论》也是我日常的案头书。

后来周山又推荐我读《古史辨》，他寄给我第三、第五卷，上海古籍影印版。此书对我影响极大，略列两点，一是怀疑论精神，对于古代典籍不再盲目崇拜。二是研究方法，书中收入许多名家文章，在学术研究的方法上，对我影响不小。

比如《古史辨》收入梁启超先生《阴阳五行说之来历》，谈到经书中“阴阳”二字的记载，他搜索《诗经》《书经》《周易》等书，列举一大堆例子。我后来写《数与数术札记》，翻检“十三经”中的数字，正是以梁启超的方法为依据，一点点“纪数”。再后来读到“四库类书丛刊”（上海古籍出版社），其中清代宫梦仁《读书纪数略》，四库六十五种类书之一，使我大受启发，更坚定“纪数”的决心。

说一段有趣的故事：一般说来，大学问家注说经典有两种方法，一是凭记忆，靠的是根底与天赋，比如陈寅恪；再一是去查找，靠的是辛苦与认真。梁启超靠什么？我未考证，但他在《阴阳五行说之来历》中大量寻找“阴阳”之后，竟然在文中注道：“右所列皆临时缀检，不审有无罣落，希读者指正。”呵呵，文章中留下这样的注释也是奇观，但大学问家可以任性。我好事，逐一查对一番，结果发现梁启超漏掉《系辞》中的一例：“阴阳不测之谓神。”

二十世纪九十年代初，还有岳麓书社“古典名著普及文库”和“古典名著今译读本”，也深受我喜爱。它们读着方便，品牌靠得住，因此跟随我多年。直到后来我在辽教社组织出版“新世纪万有文库”，其中杨成凯主编“古代文化书系”，横排、简体、点校，尤其是小小的平装本，阅读起来更方便，才与岳麓版交替使用。

八十年代我为郭书春出版《九章算术》汇校本，他几次对我说，阅读古代典籍，首选必须是好的影印本，重新排版的古代典籍，稍微疏忽就会出错，防不胜防。他汇校《九章算术》，我亲见他每天提心吊胆，处处小心谨慎。他在书中批评清代戴震从《永乐大典》中辑录《九章算术》错误极多，他写道："戴震辑录《九章算术》其功甚大，由于后来《永乐大典》散失，这个功绩是不可替代的，但亦正因此，戴震辑录工作的不负责任给《九章算术》带来的损失是无可弥补的，亦不能谓戴震无罪。"

我受到郭先生影响，最初读古代典籍，买许多影印版。比如中华书局《十三经注疏》影印版两大本，一九八〇年初版，两千七百多页。此书影印质量极佳，但字太小，再加上每天还要编辑书稿，还有电脑的出现，后来我的眼睛受不了了，弄得"飞蚊症"日渐严重，四十岁前后早早出现昏花状态。

二十世纪九十年代末，李学勤主编标点本《十三经注疏》（北京大学出版社），我认为是极好的版本，主编靠得住，出版社靠得住。全书简体横排标点，"注疏”中那些密密麻麻的小字，竟然一字不落，都能点校、排印出来。有了这个版本，我才敢真正动手“纪数”，为我的著作《数与数术札记》准备。

再有一件小事，让我至今记忆。二十世纪八十年代我还是小编辑时，为阅读古籍之需，每月省吃俭用，挤出钱来买一套商务印书馆四卷本《辞源》。记得那天我骑着自行车，从书店买好书回到出版社编辑室，文科老编辑魏运佳称赞说：“晓群买《辞源》，这是研究古代典籍必备的工具书，是读书的正途。”

以上是我几十年读经的一点记忆。抛开学问不谈，这种阅读对一个人的一生影响巨大。比如近日我的新书出版，恰逢我六十岁，起个什么名字呢？自然想起《礼记·王制》：“五十杖于家，六十杖于乡，七十杖于国，八十杖于朝，九十者，天子欲有问焉，则就其室，以珍从。”我六十岁，对号入座，故名曰《杖乡集》。

另外貌似枯燥的经书，也可以读出历史的乐趣。比如《礼记》说，子女要孝敬父母。注疏者在下面解释，子女要五天为父母烧一次洗澡水，三天为父母洗一次头。《礼记》说，男人到七十岁可以自称“老夫”，可以与妻子“同藏无间”，但如果妾未满五十岁，则“必与五日之御”。对此，注疏者又为妻妾成群的帝王，推算出一个“十五日而遍”的“御妻公式”。

还有《孝经·争臣》写道，天子应该有七个争臣，“虽无道，不失其天下”。(据《汉书·霍光传》记载，汉帝刘贺被废时，曾引用此语。) 父亲有争子，“则身不陷于不义”。注疏者抬杠说：如果父亲有十个儿子，那他就有十个争臣；而天子只有七个，“是天子之佐乃少于匹夫也”。

览　史

上文说完读经，本文再说读史。

写下这个题目，我想起二十多年前，我写过一篇文章《最后的盛宴》，其中提到最喜欢的书，我说是《二十五史》。后来我将此文贴到网上，有网友跟帖说："你就装吧，《二十五史》也敢最爱，真正读过多少呢？"

这话让我颇受刺激，但细细一想，我那时确实所读《二十五史》不多，说到喜欢，还是事出有因。首先是我父亲的影响，他有一套《廿四史》，尤其是"前四史"，尤其是《史记》，父亲经常翻读。"文革"中我"上山下乡"离开家时，父亲心情不好，他帮我收拾东西，往我行李中塞几本书，有几册吴晗主编"中国历史小丛书"，还有一本王伯祥选注《史记选》（人民文学出版社，一九五七）。父亲还提醒我说，多读点历史，会一生受益。

参加工作后，我逐渐有了经济能力，很早买一套中华书局出版的《二十五史》，绿色封面。后来我经常在办公室读书，将许多书提来提去不方便，又买一套《二十五史》放在办公室。二〇〇九年来北京工作，我知道中华书局推出《二十五史》新版，我又买精装简、繁体字版各一套，这样我拥有四套《二十五史》。

看到这段文字，网友们可能还会说："四套《二十五史》能说明什么？该不读还是不读。"说得对。回想近三十年读《二十五史》的经历，有些惭愧，但还是下许多功夫。

说到读史，我首先想到张光直先生。那是在二十世纪八十年代中期，我在辽宁教育出版社任副总编辑，曾编辑一套"当代大学书林"，其中收入张光直《美术、神话与祭祀》，原书英文版，郭净、陈星译。张先生知道国内要出他的书，非常高兴，于一九八八年从哈佛寄来"中译本序言"。其实那时，张先生在国内最有名的著作是北京三联《中国青铜时代》（一九八三），还有后来出版《中国青铜时代》二集，我因为工作之需和兴趣，读过张先生的这两本著作。

说段题外话，二十世纪九十年代，出于对张先生的崇拜，在沈昌文先生帮助下，我还以百分之十二的版税，为辽教社拿到张光直多部著作版权。当时引起北京三联书店不快，经沈先生斡旋，最终确定，张先生中文著作仍在三联出版，如《中国青铜时代》《番薯人的故事：张光直早年生活自述》等；英文著作在辽教社出版，如《商文明》《考古学》等。

文归正传。我读张光直《中国青铜时代》二集，其中有一段话颇让国人震动。张先生说，自己曾经说过，“我预计社会科学的二十一世纪应该是中国的世纪”，一时引起很多争议。对此，张先生的解释更让我震动。他说：“我相信中国研究能在社会科学上作重大的一般性贡献，因为它有传统的二十四史和近年来逐渐累积的史前史这一笔庞大的本钱。全世界古今文明固然很多，而其中有如此悠长的历史记录的则只有中国一家。”张先生还说，美国瑞德教授曾经说过：“全球上没有任何民族有像中国民族那样庞大的对他们过去历史的记录。二千五百年的正史里所记录下来的个别事件的总量是无法计算的。要将二十五史翻成英文，需用四千五百万个单字，而这还只代表那整个记录中的一小部分。”这些观点是我看重《二十五史》的基础之一。

那时我正在为三联书店写《数术探秘》，编辑告诉我，写作要模仿黄仁宇《万历十五年》的笔法，通过讲故事解读历史学术。我在此书稿中列出八种数字：象数、天数、礼数、命数、历数、律数、医数和算数，确定论点之后，不需要过多描述性的论述，更不能讲当代的事情，而需要用大量的历史故事，加以阐释和说明自己的观点。故事从何而来呢？我的参考书目有《太平广记》《梦溪笔谈》《唐开元占经》等，但第一位的必然是《二十五史》。那里面的故事太多，不胜枚举，我为此将一套《史记》《汉书》等都翻散页了。

一九九五年《数术探秘》出版不久，《书摘》杂志从中摘一段《诊断的功能》刊载，李学勤先生见到此文，还在给我的信中写道：“在《书摘》今年第四期拜读大作《诊断的功能》，所论极是，也是应向您表示钦敬的。”

但那时只是在《二十五史》中找故事，还没有做到系统的阅读，也没想好从何处下手。尤其是一次读《史记·日者列传》，见到一段故事：“孝武帝时，聚会占家问之，某日可取妇乎？五行家曰可，堪舆家曰不可，建除家曰不吉，丛辰家曰大凶，历家曰小凶，天人家曰小吉，太一家曰大吉。辩讼不决，以状闻。制曰：‘避诸死忌，以五行为主’，人取于五行者也。”可见数术学说复杂、混乱。我该从何处入手呢？几经思考，我建立两个宗旨：一是从正史入手，名正言顺；再一是从“三占”入手，即五行占、天文占和史事占，这些项目都要以《二十五史》作为基础。

我结合自己的研究与兴趣，先选定“五行占”，即以《二十五史》的历代《五行志》为基础。二〇〇四年，我写好《数与数术札记》，翌年在中华书局出版。二〇〇六年我开始读《五行志》。最初我对这项研究有些看轻，读得很快，做了大量笔记，计划很快做完，再去做另外两个题目。半年后我写出文章《廿四史五行志丛谈》，五千字，交给《文史知识》发表，被列为头条文章，还在封面上列题。但我渐渐发现，事情并非如我想象那么简单。如此纵向读史，加上近百年来这一领域的荒芜，越读越会出现许多新问题。最终我列出三部书稿的写作计划:《五行志通考》《五行志札记》和《五行占》，至今尚未全部完成。

研究《五行志》时，还有两件事情让我难忘：一是写好《廿四史五行志丛谈》后，一天中午请王充闾先生吃饭，我奉上此文请他指导。王先生回去后很快打来电话，先赞扬我写得好，还谈到他自己也应该做类似研究，而不是只写散文。接着他指出，我在谈《汉书·五行志》时，引用唐代颜师古的一个观点，称《汉书》中许多例子引自《史记》。王先生说，唐代刘知几《史通》亦持有此观点，但今人赵吕甫指出，清代钱大昕已经说明，颜师古和刘知几的观点是错误的。接着，王先生让司机送来一册《〈史通〉新校注》(重庆出版社，赵吕甫校注)，还画出书中重点，让我感佩之至。

再一是读古代典籍，用电脑做记录，数量大，难字多。在读《十三经》时就把我累得够呛，经常为找寻一个古字、冷僻字，花费我大半天时间。接着读

《二十五史》，记录量更大，虽然我意志坚强，却也经常处于崩溃状态。有一天辽宁出版集团电子书部王文斌发现我的难处，他很快为我的电脑中装上《十三经》和《二十五史》电子版，这一下方便多了。我问从哪儿弄来的，他说在网上下载。我又问是谁制作的，他笑着说不知道，网上署名“活雷锋”。

藏　书

在当代中国藏书界，韦力先生有“第一人”之称。何事第一呢？

其一，藏书之巨：作为私家藏书数量与质量，有观点说，若以横向比较，韦力的藏书量在整个藏书史上应属中上水准，在当世，则是第一人。（绿茶语）在韦先生天津和北京的书库中，总共存有八千余部、七万余册古籍善本，其中宋元及以前刊本、写本五十余件、二百余册，宋元递修和宋元明递修本近二十部、三百余册。

其实关于韦先生藏书的价值，历来议论之声最多。有人说韦力藏书“天下第一”，他连声说不敢不敢，当今社会，私藏怎能与公藏相比呢？他还引钱锺书先生那段妙译自嘲：“老妪小遗于大海中，自语曰‘不无小补’。”有人说韦力藏书“富可敌国”，他说你是在害我啊，况且我的藏书与金钱无关。还有人夸赞韦力做事“志不在温饱”，他幽默地说，我胸无大志，请把那个“不”字去掉吧。

其二，著述之丰：韦先生的看家本领，见于多卷本《芷兰斋书跋集》，目前还在陆续出版；还有《鲁迅藏书志》《书魂寻踪》和《书楼觅踪》，以及藏书的心得之作如《古书之美》《古书之爱》《失书记》《得书记》《琼琚集》《硃痕探骊》和《上书房行走》等，绵延不断。而韦先生的别出心裁之作，当属多卷本“传统文化遗迹寻踪系列”，首部《觅宗记——佛教八宗一派遗迹寻访》两大卷去年面世，一时异响旁出，旋即加印；紧接着《觅理记》三大卷在制，后面还有《觅诗记》七卷、《觅词记》多卷在排队中。

实言之，初闻韦先生“传统文化遗迹寻踪系列”写作计划，让人产生宏大叙事、难以把握之感。但读过书稿，看到一个个韦先生亲力亲为的故事，虽然文章叙事平铺，却让我内心之中，每每产生惊天动地的感受。时而叹道：果然“天将降大任于斯人也”。比如“觅诗”，韦先生由曹植《铜雀台赋》而寻找铜雀台，他来到河北邯郸市临漳县城西十七公里的古邺城遗址内的三台村西，发现当年的“三台”已不存在；但赋中还有言：“立双台于左右兮，有玉龙与金凤”，如今那个“金凤台”还在。再如韦先生由曹植《七步诗》而寻访到河南开封市通许县长智镇七步村，竟然发现有前后三个七步村，最终在后七步村一所废弃的小学校园内，找到曹植墓。

其三，做事之多：以我观之，韦先生的工作量一定超过常人数倍。近两年我为他出版著作，注意到他每年有一半以上的时间在四处寻访，同时还有大量的著作出版。比如今年上半年在海豚出版社，三月《琼琚集》，四月《硃痕探骊》，五月《上书房行走》，六月《觅理记》。另外，他每天会发数条微博推介古书；每天会写微信公号“芷兰斋”数千字，每月给澎湃“上海书评”写文章，等等。

读韦先生书稿，可以用三个词概括他的特征：学问、勤劳和智慧。许多问题落到他手里，他都会做出高于常人的思考与研究。比如《上书房行走》，他在几年之中，探访陈子善、谢其章、扬之水、止庵、陆灏、王稼句、胡洪侠等数十位当代私人书房，一面看书，一面拍照，一面书写故事与感想，每一篇文章都有独到之处。

以上说罢韦先生的三段特点，还要看一看韦先生对待藏书的态度，或曰心态。一般说来，自古藏书家有开放与封闭两类。比如，藏书楼天一阁就属于封闭一类，主张“代不分书，书不出阁”。其做法貌似看重私利，实则成为保存最好的藏书楼。韦先生藏书，似乎更倾向于“分享当世”，对此，我们可以从他的三段故事中体会：

（一）清乾隆年间，朝廷开四库馆，向民间征集图书底本，用完后如数返还。对此，许多藏书家不肯配合。期间浙江巡抚三宝在督办中，曾赞扬五位藏书家“芹曝之献，实出至诚”，其中有藏书家汪启淑。汪氏贡献藏书五百二十四种，约有一半收录在《四库全书总目》中，为此乾隆赏给汪启淑一部铜板活字本《古今图书集成》，还有《平定伊犁得胜图》和《小金川得胜图》。韦先生对汪氏此举多有记载，颇为赞扬。

（二）韦先生藏有一卷“辽代刻经”，国家图书馆没有，所以国家每次搞通史展览，都会将这一卷刻经借去。后来韦先生觉得借来借去麻烦，暂时不再取回，在国图一放三年。一天有人开玩笑说，别拿走了，归国图算了。闻此言，韦先生很快取回这部刻经。为此事，国图还发给他一张奖状。

（三）一次韦先生参加国家图书馆讲座，会后与一些善本部主任座谈。某省图书馆一位主任谈到，他曾参加嘉德公司的拍卖会，竞拍一函文渊阁本《四库全书》正本。他们事先得到领导批准，预算好竞拍价格，没想到此书刚举牌不久，就已经超过他们预算的一倍以上，他们只好愤然离场。这位主任讲完后问："谁知道这本书被谁拍去了？"韦先生说："被我拍到了。"当时一阵哗然。那位主任问："何时能卖给我们馆？"韦先生说："我不卖书。"那位主任穷追不舍，韦先生只好说："等我破落没钱了，肯定卖给你们馆。"那位主任说："那你现在破落吧。"

最后说两段难忘的故事：

一是二〇一六年，我为韦先生出版著作，不久他来到我办公室谈书稿，送给我一册复制版《施顾注苏诗》

焦尾本。我见到此册书一惊，问道：“这套《焦尾本注东坡先生诗》，不是台湾影印出版了么？”于是韦先生讲了一段曲折的故事：《施顾注苏诗》为宋版书，到晚清民国初年，袁思亮以三千大洋买下。后来家中失火，袁氏冒死救出，结果烧成所谓“焦尾本”。后来这套书失散，大部分版本流到台湾，但收藏家陈澄中藏有其中《和陶诗》，被他带到美国。后来一册传给儿子，一册传给女儿；再后来一册被国家图书馆得到，另一册被韦先生以逾百万美元买下。台湾书商是看到韦先生的书单，才接受建议，决定在台湾影印出版此书。

回想几年前，台湾出版家郝明义先生曾跟我讲过《焦尾本注东坡先生诗》的故事，他还说，每年中秋月明之夜，台湾的收藏者还会将这部《施顾注苏诗》拿出来祭拜，以求中华文脉长久，诗书永存。此书台湾影印版卖到几十万一套，但由于种种原因，韦先生这一册并未收入其中。韦先生只是自己复制少许，与好友分享。此次得赠，真让我喜出望外。

再一段故事见于韦先生的著作《失书记》，读起来惊心动魄：一位卖书者从某出版社地下室弄到一塑料袋“废书”，袋子里挂着水汽。那位卖书者不肯晾干，他说一打开晾干，纸张就会粘在一起，翻不开了。他让韦先生翻检，看有无可取之书？韦先生偶然发现一部民国平装本《管子》，上面有密密麻麻的批注，他细细观察，竟然是郭沫若、闻一多的字迹。韦先生翻看半日，卖书者有些紧张，他怯生生地说：“这些书可是花两千多元钱买的（注：其实也就几百元），你开个价？”韦先生说：“我就要这一本，开价二十万。”卖书者惊呆了，他张大嘴巴，韦先生“清楚地看到他的大牙上有一个黑洞”。他老婆也出来拽他的衣袖，说我们商量一下，先不卖了。几天后，有人以二十二万将此书买走。又过不久，有人以一百二十万拍卖。

扬　尘

二〇一六年八月，傅杰先生四卷本“傅杰文录”出版，名曰《文史刍论》《序跋荟存》《书林扬尘》和《前辈写真》。

回想这部书稿的编辑过程，可谓历尽艰辛。先是书稿的整理工作，经历漫长的时间，傅先生几次交稿，几次取回，三番修正，五度更改。定稿后傅先生又亲赴北京，在海豚出版社校阅全稿一月有余。他每天起早贪晚，不分假日，不分晴雨，遵时来到中国外文局上班，连门卫都认识他，时常问候：“老先生辛苦”。

多年来我识见作者可谓多矣，但像傅先生如此认真者，大约只有寥寥几位，他们或爱惜羽毛，或有文字洁癖，或志不在当下。还有一类，那就是他的著作观点尖锐，对手众多，自己独树一帜或进攻他人时，先要精雕细刻，筑好营垒，以防露出破绽，反受攻击。

傅先生属于哪一类呢？以往我用《易经》考量，他的处事哲学应以“或跃在渊”定位，即蛟龙在深渊之中，时隐时现，难见全貌。但此“雄文四卷”一出，文字沉稳，锋芒毕现，或“见龙在田”，或“飞龙在天”，都让我一时惊愕。不由得产生三点新的认识：

其一，傅先生师从名家姜亮夫、蒋礼鸿、沈文倬、郭在贻和王元化，以及师友如朱维铮先生，见多识广，人言“一峰突起”，需要以深厚积累为背景。其二，傅先生外表“温存敦厚，木讷于言”，实则在学术场上“舞文弄墨，口诛笔伐”，完全是一派江南才子放荡不羁的范式。其三，陈尚君先生读“傅杰文录”，挥笔称赞之余，将傅先生归于批评家者流，堪比刘勰、钟嵘、殷璠之先辈。陈先生同时提示傅先生加强自我建树，所谓“秋高蟹肥，正著述之时，即稍乖为己学旨，其如学问难得，何可轻忽，是所期待也”。陈先生高论，却只说对了一半。

常言道：识人难。且不论上述分析是否准确，单说“傅杰文录”临近定稿，一日傅先生闲庭信步，来到我的办公室，脸上落着笑容，说：“稿子就改到这里吧！”我舒了一口气。他接着说：“我的文章会得罪很多人，您不怕惹麻烦么？”我说：“怕什么？您的文章讲道理，既不炒作也不中伤，何怕之有呢？”

唉！说是嘴硬，闻傅先生此言，我还是向小编要来文稿的电子版，赶紧再翻阅一遍。翻来翻去，越读越觉得处处高论，越读越感到罡风嗖嗖。不禁挥笔写下一行字：这个傅杰啊，真是目光如剑，剑剑诛心；健笔如刀，刀刀见血！原想只是《书林扬尘》一册说得厉害，其实细细观看，本本都是一个主题：批评。

挑错是功力，是本事，也是师承。傅先生师从王元化先生，又曾跟随朱维铮先生做博士后，他们都是“词严色厉，口无忌讳”的大师级人物，眼中看得上的人能有几位呢？一次朱先生说：“上海滩上也就是王元化可以谈谈。”王先生对傅杰说：“这个朱维铮啊，你爱怎么得罪人去，干嘛牵上我呢？”但说此话时，“脸上的笑容灿烂之至”。还有朱先生研究生答辩，他私下对傅杰说：“我请来的那些家伙（答辩委员）都是好好先生，你来帮我修理修理那些学生。”傅杰说：“我连副教授都不是，没有资格做答辩委员。”朱先生说：“我说你有资格就有资格。”一来二去，傅先生留下“严厉”的名声，还养成“敢于批评、善于批评”的习惯。

傅先生大著上市，很快见到陈尚君先生的品评文字，他说傅杰四书“批评时贤之得失则直言无隐，一针见血，不作渲染，是非自明。其中心可认为属清至晚近学术史，视野之开阔，议论之通达，针砭之得要，援引之广博，似一时难有比肩者”。

那时正赶上北京国际书展，“傅杰文录”四卷摆在海豚展台上颇为显眼。看摊儿的朱立利告诉我，有几家出版社来到展位前转悠，看上去气度不凡，应该是某大社的领导和编辑，他们拿起傅先生的书翻来翻去，指指点点。朱立利过去问:“有问题么？”他们回答:“没有，傅先生说得对。”便赶快离开了。

此后一直平安无事。我时常胡思乱想：原因何在呢？其一,一定是傅先生“两面三刀”的笔法，让人没看清“桃花下的刀丛”。比如四本书他都没写“前言、后记”，我觉得，这一定是一个“阴谋”。傅先生目的何在呢？不知道。我认为：既志在长久，又掩盖锋芒。其二,一定是书的名字太过文雅，晃过人们的目光。单说

“扬尘”一词，不知者还以为“扬尘舞蹈，三呼万岁”呢。殊不知其中指名道姓，开列出版社四十余家，指误著作近百部，被点名的作者就更多了。我想，如果书名改为“请看四十家出版社的错误”，那早就炸锅了！其三,一定是傅先生说，自己三十年批评很多人，发现一个现象：越是有真才实学的人，越不以为忤。越是学问不过硬、地位不稳固的人，反应越激烈。你批评他，他怕被连根拔起；你批评他的学生，他怕被斩草除根。傅先生这样一说，谁还敢“反应激烈”呢？

哈哈，太挖苦。记得傅先生读我的著作时，曾指出我将“词语”写为“词汇”，“奥威尔”写为“鲍威尔”等，我还将这些故事写到自己的文章中，可能我连“根”都没有，所以没想那么多。

最后说两段傅先生挑错的故事：

其一,《前辈写真》：一九八三年傅先生投考姜亮夫先生门下。那时姜先生八十二岁，所思所学，对傅杰影响至深。比如姜先生的故友蔡尚思先生愿意来讲思想史，姜先生说：“他读书很多，但思想完全是乱的。”姜先生卧读《管锥编》，感慨时一跃而起，一面摇头一面对傅杰说:“真是个要不得的书!”他实际是说“了不得”。

当时傅杰在读《围城》,发现两处错误,写信给钱锺书先生,一面指误,一面讲述姜先生“要不得”故事。钱先生回信:“杰兄文几:忽奉惠书,不胜感愧。‘昨’字宜为‘今’字,作者、译者、读者皆未觉其讹,独具只眼,非君谁属!五十年前与亮夫先生在巴黎一面,饥驱南北,暌隔乖违,未遂请益之忱;鲁殿灵光,表式学人,烦代起居为荷。久病初痊,草复即颂春禧!钱锺书上元宵杨绛同候”姜先生看到钱先生回信说,他才是“鲁殿灵光”,我是不够格的。

其二,《文史刍论》中文章《子见南子杂俎》,其中批评很多人的观点。比如南怀瑾先生《论语别裁》解释:“我们查卫国的历史,南子没有什么大不了的错,不过长得漂亮,卫灵公非常迷她。如此而已!”傅先生批评道:“洗涮手段如此干脆,辩护口气如此坚决,像似收受了南子贿赂的无良律师。”(案:南怀瑾先生《论语别裁》大陆初版,就是在复旦大学出版的。)

再有,此文中傅先生提到《发现论语》一书,作者大骂南子：“她的虚荣、她的愚蠢、她的淫乱、她的狂妄、她的野心乃至她插手政治方面所取得的某种程度上的成功，使得整个世界都为有她这么一个人而感到耻辱。”作者还批评子路“在自己所学习所信奉的政治思想和政治理论与实际的政治之间不能作出某种必要的区分”，有“政治上的幼稚性”。此书由王蒙先生作序，王先生赞扬作者“以现代意识来对《老子》《论语》二书做出新的发挥和论述，给人以别开生面和焕然一新之感……做学问应该是做活的学问、与时俱进的学问”。

傅先生说，作者如此高见卓识，再来解说古典，实在大材小用，不如直接写本“我的人生哲学”。

科　普

我四十年前参加高考，有幸进入数学系读书。虽然学的是理科，但我在骨子里还是喜欢文史哲和写作。不过身处这样的环境，能写些什么东西呢?

大三那年，我得到一本英文原版《趣味数学》，就利用课余时间将全书翻译出来，乱七八糟一大摞书稿，被朋友发现，她说认识出版社的编辑，拿去给他们看看。结果编辑回话:“这部书稿很有意思，但那么多专家的书稿还在排队，你还是一个在校学生，急什么。”就此灭掉我的梦想。

大四那年，我读到一本英文原版《拓扑反例》，就与同学刘玉章一起，将前言与目录翻译出来，拿去给教授看。那位教授阅后很高兴，说很有学术价值，鼓励我们继续做下去，边翻译边研究，一定会有收获。教授还说，他认识出版社编辑，可以帮助我们推荐出版，后来也没有结果。

大学毕业后，我被分配到出版社做数学编辑。那时的许多老编辑都是专家，像袁老师是金史专家，赵老师是书法家，王老师是清史专家等等。跟我先后分配来的毕业生也很厉害，像辽宁大学中文系王大路，就在发表万字的影评。看看自己，我一个学数学的，能做些什么呢？我去找在校时的班主任老师，跟她借《同伦论》等数学专著来读，希望工作之余继续研读数学。老师说，你要想在纯数学上发展，还是去读研究生；或者以你的数学和文化水平，加上你的文字功底，我建议你搞科普创作吧！

受到老师提示，我开始试着写科普文章。最初跟科技报的编辑商量，他建议我从“科学点滴”写起，每篇文章只有二元稿费。直到有一天，我正在校对科校对书稿，那位报社编辑打来电话，他说本期版面缺一篇数学科普文章，五百到一千字，几位专家都忙，你明天能赶写一篇么？我激动得一夜无眠，写出一篇《“相亲数对”的启示》，七百字，不敢发给报社，就请王大路帮我改一下。那时他也在校对科实习，就坐在我的身边，他比我大几岁，做过中学老师，看过我的文稿后，他一边批改一边笑着说，看来理科生文字训练不够。

就这样，我的第一篇文章发出去，从此赢得报社编辑信任，几年之间陆续发表许多文章。我记得，当时报社对我评价最高的文章是一九八三年发表的《谁是布朗的儿子》，此文是从我在大学时翻译的那本《趣味数学》中摘编出来，讲“布尔代数”，只有几百字，发表后反响很好。我写道：

在伦敦城中有一个三口人的家庭：约翰和他的妻子、女儿，多年来他们和睦相处。可是有一天，却为一件小事发生争吵。原来在约翰一位久别的老朋友布朗拜访他们的时候，约翰说：“布朗先生，听说您有一个儿子叫杰克，他今年已经21岁了？”而约翰的妻子说：“不，你记错了。布朗先生的儿子叫吉姆，他才18岁。”这时，约翰的女儿说：“你们都错了，布朗先生的儿子不是杰克，并且他应该是25岁。”听到这里，布朗笑着说：“朋友，你们每个人都仅猜对了一半。推想一下，到底谁是我的儿子，他多大年龄？”

对于这个问题，一位数学家寥寥几笔就给出正确答案。首先，他设“说对的”＝1，“说错的”＝0；并规定：1+1＝1，即“说对的”+“说对的”＝“说对的”。其他运算与普通的加法与乘法相同。按照上述定义，他运算如下：

设A＝杰克，B＝吉姆，C＝不是杰克，D＝18岁，E＝21岁，F＝25岁。因为每个人的说法都有一对一错，所以A+E＝1，B+D＝1，C+F＝1，以及A·E＝0，B·D＝0，C·F＝0。再由于布朗的儿子不能有两个名字和两个年龄，所以有：A·B＝A·C＝D·E＝D·F＝E·F＝0。根据A+E＝1和B+D＝1，所以有（A+E）·（B+D）＝1，左右展开，并消去等于零的项，得到AD+BE＝1。再由（C+F）·（AD+BE）＝1，化简后得BCE＝1，所以B＝C＝E＝1，即B、C、E是对的。因此，布朗的儿子是吉姆，他今年21岁。

数学家的运算使人们大吃一惊，原来数学能解决争吵！其实这并不奇怪，它不过是一个逻辑推理的小问题，“布尔代数”就可以解决许多推理问题。那位数学家正是运用布尔代数的简单性质，解决了约翰家的争吵。布尔代数是集合代数、开关代数和逻辑代数的抽象，它的特点是使用特定的符号和方法，进行思维演算，它是现代计算机科学的理论基础。从故事中可以体会到：布尔代数正是将“人类智能”转变成“人工智能”的重要媒介之一。

今天重读这篇短文，再看看人工智能的发展，确实让人感慨。当时报社编辑对我说，类似的文章能不能多发几篇？这更激起我的写作热情，在毕业后五年间，我一直在写科普文章，最终结集出版一本小书《自然数中的明珠》，也是我大学毕业后第一本独立出版的著作。再后来我的兴趣开始发生转移，转而去做其他方面的写作。

回忆二十世纪八十年代，科普之风颇为盛行，许多大专家都热衷于科普创作，诸如：华罗庚《从杨辉三角谈起》、王梓坤《科学发现纵横谈》、王元《谈谈素数》等。那时我做数学编辑，也接触很多难忘的人和书，例说其二。

梁宗巨和他的《数学历史典故》：梁先生是数学史专家，《世界数学史简编》文字极好，影响巨大。当时我组织一套“中学科普读物”，请梁先生写《中学数学历史典故》，他欣然答应。文稿写好后，梁先生提出两个修改意见，一是因为越写内容越多，所以他建议此书不放入那套丛书，单独出版，且去掉“中学”二字，定义为“高级科普”著作；二是封面设计，最初我们采用黑色为底色，他建议改为墨绿色。此书出版后颇有影响，台湾九章出版社出版繁体字版，中国出版集团将其收入“中国文库”。

吴振奎和“世界数学名题欣赏”：那时吴先生在辽宁大学数学系任教，他人聪明，几本著作很有名，科普文章四处开花。有一天他来出版社谈书稿，结束后我送他下楼，站在楼道口，我们聊起选题设想，谈到一九〇〇年巴黎数学大会，谈到希尔伯特演讲《数学问题》，谈到数学的宗旨是“提出问题和解决问题”。吴先生建议，应该出版一套“世界数学名题欣赏”丛书。这是我从事编辑工作组织的第一套丛书，共出版十三本，请来很多著名的数学家，包括陈景润、楼世拓、蒋声、孙琦、刘文、吴振奎、胡久稔、张锦文、邵品琮、朱水林等。此书一九八八年获中国教育图书一等奖。

提到陈景润先生，我曾在一九八七年去北京登门拜访，请他写《哥德巴赫猜想》。他患帕金森氏综合症，连睁闭眼睛都不能自主，笑起来会止不住。他的小儿子很可爱，夫人由昆照顾周到。他的学生对我说，不要看陈先生表面状态，他的数学思考依然是高超的。

今天回忆往事，让我联想到一九九八年，经沈昌文先生引见，我们拜见张光直先生，签署“张光直文集”合同。那时张先生罹患帕金森氏综合症，症状与陈景润先生类似，艰于交流，跟我们握手时控制不好脚步，扑倒在地上。但聚餐结束时，大家赞扬沈先生安排餐费很优惠。这时，张先生俯在学生耳边说一句话，学生复述道：“张先生说，沈先生是幽默的幽（优），诙谐的诙（惠）。”

书 馆

近日研究晚清以降“中国书籍史”，可惊可叹之处不少。

先是“出版”一词的产生，一直来路不明。《辞源》没有此词，只有“出品”，词意是“作品”，其中引宋米芾《画史》曰：“杭僧真慧画山水佛像，近世出品，惟翎毛墨竹，有江南气象。”《辞海》有此词，却只谈近现代的词义，未谈出处。另外《辞源》有“版本”一词，称“古以雕版印刷之书为版，手抄之书为本”。可见“出版”在古代中国，也是有其实而无其名，或曰另有其名。

据言十八世纪中叶，日本已经有“出版”一词产生，中国却迟到十九世纪末，即晚清年间，才开始出现零星使用“出版”和“出版社”的称谓。即使那一百年里，西学东渐、戊戌变法一类事情闹得沸沸扬扬，即使那一百年里，极具现代意义的出版机构纷纷涌现，但“出版社”一词真正全盘占领出版领域，还是在二十世纪中叶之后。

《上海出版志》（上海社科院出版社，二〇〇〇年），将二十世纪中叶前上海的出版机构分为四类：外资、民间、官办和中共创办，从创于明万历年间扫叶山房（一八八〇年在上海设分号）开始，到一九四九年止，上海先后有三百余家出版机构，那时的名称有书馆、书局、画馆、书楼、山房、翻译局、学会、公会、译书局、印书馆、书院、社、书社、馆、书室、公司、图书公司、书庄、书店、图书馆、印刷公司等。无论这些机构叫什么，都从事编辑出版工作。比如：

土山湾印书馆，一八六四年上海耶稣会开办，虽称“印书馆”，实则以出版业务为龙头，以印刷与发行为两翼。一八六九年重刊利玛窦、南怀仁、艾儒略著作；一八七四年出版刊物《益闻录》《格致益闻汇报》；拉丁文《中国文学课程》五册；科学著作《形性学要》《五洲图考》《物理推原》《中国学丛书》《扬子江上游图》和《江苏省份图》等。一九五八年，土山湾印书馆才并入上海中华印刷厂。

元昌印书馆，一九二〇年张才良创办，也是一家出版社，直到二十世纪五十年代还出很多书，如《库页岛的早晨》《难忘的一九一九》《蓝色的多瑙河》和《暴风雨》等。

良友图书印刷公司，一九二五年伍联德创立，虽称“印刷公司”，实为出版社，曾出版大批优秀书籍。如出版中国第一本大型画报《良友画报》，伍联德、周瘦鹃等主编，月销三万册。赵家璧、郑伯奇任编辑后，出版“中国新文学大系”“良友文学丛书”和“一角丛书”等，作者有鲁迅、茅盾、巴金、老舍、郑振铎、周作人、郁达夫、朱自清、洪深、阿英等。

那么，从晚清到二十世纪中叶一百多年间，上海存在的那些出版机构，他们的名字是否有叫“出版社”的呢？十九世纪没有，进入二十世纪才有。

第一家称“出版社”的企业，正是中共创办的“人民出版社”，一九二一年成立，负责人李达，地点在他的寓所。出书多种，包括“马克思全书”（《共产党宣言》《〈资本论〉入门》等）“列宁全书”《女性中心论》《马克思主义和达尔文主义》和《进化》等。为防止迫害，出版时署名“广州人民出版社”。两年后迁往广州，与新青年社合并。

此后称“出版社”的公司逐渐多起来，诸如：创造社出版部，一九二六年，叶灵凤、潘汉年；红黑出版社，一九二八年，胡也频、沈从文、丁玲；独立出版社，一九二八年，季灏；潮锋出版社，一九三四年，卢春生；文化生活出版社，一九三五年，巴金；读书生活出版社，一九三六年，艾思奇；北雁出版社，一九三七年，杨朔；大众出版社，一九三八年，赵朴初；群益出版社，一九四二年，郭沫若；上海出版公司，一九四五年，郑振铎；大孚出版公司，一九四五年，陶行知；晨光出版公司，一九四六年，赵家璧；星群出版社，一九四六年，臧克家；鲁迅全集出版社，一九四七年，许广平；等等。

另外，那些年办“出版社”的名人真多，除去上面那些，还有：夏瑞芳、鲍咸恩商务印书馆，梁启超大同译书局，张元济南洋公学译书局，黄宾虹神州国光社，俞复文明书局，陆费逵中华书局，汪孟邹亚东图书馆，沈知方世界书局，陈独秀新青年社，郑振铎、顾颉刚、胡愈之、周予同、顾颉刚、沈雁冰、王伯祥、俞平伯朴社，毛泽民上海书店，张静庐光华书局，章锡琛开明书店，平襟亚中央书店，徐志摩新月书店，张竞生美的书局，蒋光慈、钱杏邨春野书店，鲁迅、柔石朝花社，周佛海新生命书局，邵洵美金屋书店，姚名达女子书店，鲁迅三闲书屋，邹韬奋生活书店，胡愈之复社，阿英风雨书屋，姚蓬子作家书屋，胡风希望社，储安平观察社，等等。

二十世纪中叶以后，可能是计划经济逐渐强势，最终除几家老牌出版社保留原来的名字，如商务印书馆、中华书局、三联书店等，其余一律统称出版社。

最后说一说“上海商务印书馆”的名字。它一八九七年由鲍咸恩、夏瑞芳、高翰卿和鲍咸昌几个年轻人发起创办，后来成为中国百年出版史的一面旗帜。那么它为什么叫“印书馆”呢？看一下本文上面的历史介绍，原因不言自明。胡愈之先生也说过：“那时连印刷厂的称谓都没有，所以叫印书馆。”胡先生一九一四年十八岁时，经张元济先生批准，以练习生身份进入商务印书馆理化部。

有言“印刷”一词为外来语，《辞源》和《辞海》均未说明出处。其实在宋沈括《梦溪笔谈》十八卷中已见：“常作二铁板，一板印刷，一板已自布字。”由此可知，“词”非外来，只是近现代“印刷厂”概念的使用，大约源于日本（近日我曾向李长声先生请教）。不然国人最骄傲的“四大发明”都不知所云了。上面的绍介也可以看到，晚清至民初，东西文化碰撞交融，法律混乱，西方出版与中国传统印书作坊混淆，导致所谓出版社与印刷厂等混为一体，比如美国长老会的美华书馆，他们在封面上签署“出版”的地方有印刷所、发行所、藏版、活字版、镌印、总发卖处、摆印、重印等称谓，反映出当时“版权”概念的混乱，其表达方式也很有中国特色。

这里要提到鲍家的贡献。当时在上海，身为牧师的鲍哲才参与创建美华书馆，他育有三子三女，包括咸恩、咸昌、咸亨、鲍大姑（佚名）、翠玉等，均就读于美国长老会举办的清心书院。鲍咸恩等人为商务印书馆启动，希望筹集四千元资金，最终有八位投资人入股，其中有六位都是鲍氏一族的人，共积得三千七百五十元。投资人张蟾芬的夫人鲍大姑是鲍家长女，她从清心书院毕业后，留在书院教书。她建议起名上海商务印书馆，英文名字为 The Commercial Press。此中用“Press”，一定是受西方教育的影响。当时西方传教士在上海开办“Press”，有名的“墨海书馆”，英文是 The London Missionary Press，直译“伦敦传教士出版社”；还有“美华书馆”，英文是 The American Presbyterian Mission Press，直译“美国长老会出版社”，用的都是“Press”，有印刷机、印刷厂、报刊、报业、出版社、通讯社之意。中译名为“书馆”，他们都出版很多书籍。鲍大姑为商务印书馆用“Press”，本意是走上述两家的道路。

前　辈

此前我曾经说过，沈昌文先生是我的师傅，二〇〇九年到北京工作后，我力争每年出版一本他的著作，如《八十溯往》《也无风雨也无晴》《师承集》和《师承集续编》等。其实还有一位老人享有这样的尊重，他就是钟叔河先生。

我与钟先生联系，早在二十八年前就有过。那是在一九九〇年，我在辽宁教育出版社做副总编辑，组织出版“国学丛书”，首批书目由葛兆光、王焱、冯统一、陶铠、李春林和梁刚建等先生推荐，其中就有聘请钟叔河先生撰写《载道以外的文字》的计划。后来钟先生始终没有交稿。

一九九四年四月二十日，我去青岛参加版权交易会，结识湖南王一方先生。他与钟先生很熟，我托付他回长沙后代我问候钟先生，并探问书稿情况。四月二十七日他来信写道:“回长沙后把您的意思与钟先生面陈。他对您的美意深表谢意，据言今年不会有空档，若明年不迟，有可能会应承下来。他以为这个题目是一个时常放不下的问题，很想能坐下来思忖、梳理一番。信笔涂来，应该说，他对这个题目是有所积蕴的。”他还随信寄来钟先生签赠给我的《书前书后》。

此后对钟先生的了解，有四件事情一直记忆:

一是一九七九年，钟先生刚刚解脱不久，立即组织出版“走向世界丛书”，第一部《环游地球新录》在湖南人民出版社出版。钱锺书先生在给钟先生的信中赞道:“弟读尊编，即倾倒兄之卓识明见，而博采穷搜之学力又足以相副。”八十年代初，我大学毕业不久，捧着钟先生推出的新书，如仰望浩瀚星空。当时钟先生计划出版百部，结果只完成三分之一；直到二〇一二年钟先生再出发，接续三十多年前宏愿，终成大业。这样的传奇老人，我等晚辈怎能不仰慕呢?

二是一九九四年，我主持辽教社工作，十一月办内部刊物《荐文》，我推荐的第一篇是萧乾文章《长沙出版界四骑士》(《读书》，一九九四年九期)。我在

“荐者语”中写道：“萧乾先生也是编辑出身，二十年代即以出版为第一个职业。当然值得夸耀的同行还大有人在，如郑振铎、叶圣陶、邹韬奋和巴金等。但获得荣誉的只是出版行业，至于身处其中的你我作何感想？只有自己清楚。颇具骑士风度的萧乾先生，引荐八十年代四位出版骑士，其‘真意所在是向九十年代的出版家们挑战！’让我们听一听他的絮语吧。”

萧乾先生所言长沙“四骑士”之一，正是钟叔河先生。他谈到钟先生早年不幸，被扣上种种罪名，历尽人间遭逢。但“那顶帽子对他毋宁是难得的‘幸运’，因为当旁人在歌颂大炼钢铁或大打派仗的时候，他好像早就料到，八十年代中国必将从阶级斗争的噩梦中觉醒，改革开放必将到来。”

三是我喜欢写文章，推赞的文字如鲁迅、周作人、黄裳和王充闾等，还有钟叔河先生。他的文字不但干净、机智、俏皮、处处机锋，而且他历来主张文章短小精悍，不着一点废字。钟先生有名的著作《念楼学短》和《学其短》五百余篇，多年来我一直在业内推荐，称其为做编辑的经典“教科书”。我看重它们，不但在文字上，还在观点上，作为知识分子的思想表达，他的文章不但美妙，而且幽默、辛辣。如其序言所言："夫人情所不能止者，圣人弗禁。"比如讲《檀弓·孔子过泰山侧》"苛政猛于虎也"，他结尾处解道，现在此文少见了，"也许是老虎和苛政都没有了的缘故吧"。

四是钟先生身为出版界前辈，一直勤于笔耕。他说"编辑是编出来的，也是写出来的"。因此编辑要有"两支笔"，蓝笔自娱，朱笔编文。此观点对我影响至深，几十年编辑生涯，我一直坚持"两支笔"的生活方式，虽然达不到钟先生的境界，却在精神的追随中，使自己的心灵得到许多抚慰。

回到文章开头。这些年我为钟先生出版过哪些书呢？

二〇一〇年梁由之先生策划"海豚文存"，第一套称"三老集"，向三位年近八十的老先生致敬，即沈昌文、钟叔河和朱正。钟先生书名《记得青山那一边》，成稿时我问梁兄：钟先生有什么要求？他说钟先生只希望书翻开后能够摊平，不压手。为此我专门告诉印制人员，一定要达到钟先生的要求。这部书出版后，长沙书友为钟叔河、朱正二位先生在熬吧聚会，沈先生与我因故未能前往。其间，钟、朱先生与我电话直播，钟先生湖南口音浓重，我听不大懂，只记得他说："当年《载道以外的文字》未成，如今总算了结那段心愿。"

二〇一三年前结识杨小洲先生，他是湖南人，与钟先生很熟。后来海豚出版小洲兄的小书《抱婴集》，他自己设计，红色精装烫四色金。一天他告诉我，此书送给钟先生，他很喜欢，希望也能做一本。于是我们又出版钟先生《人之患——为别人作的序》，封面用砖红色，烫满金线。小洲兄说，钟先生拿到书很高兴，说是他著作中唯一一本红色封面，放到书架上一眼就能看到。

二〇一四年六月二十日，我与李忠孝、杨小洲去长沙，到钟先生家拜访。他住在第二十层楼，书斋号称"念楼"，取"廿"字谐音。这是我第一次见到钟先生，他坐在一张大桌后面，与来访者温和面对。一位八十几岁的长者，外在略显老态，谈吐与举止，大异于寻常老人的表现。学问、睿智、机敏、风趣、沉稳，……种种俗词，都难以概括钟先生的超常之处。

我愈发相信天赋与文化的力量，愈发想象出那张大桌后面，以及大桌上，钟先生幻化无穷的思想锋芒。

但钟先生的湖南口音依然浓重，我依然在似懂非懂的聆听中，期望着杨小洲、曾德明和杨云辉诸位先生解说。此后我出版钟先生的著作再未间断：二〇一五年《千秋鉴借吾妻镜》，此书三十年前收入朱正编“骆驼丛书”，其中文章成为“走向世界丛书”（一九八〇年初版）各本前言。二〇一六年《蛛窗述闻》手稿本，此书成文于“民国丙戌年”，只有三十几页，距今有七十年。杨小洲设计颇有古风，旨在“贺钟叔河先生八五寿诞”。二〇一七年《儿童杂事诗笺释》，周作人作诗，丰子恺插图，钟叔河笺释，后浪制作，海豚出版。

去年我六十岁，到了退休的年龄。我去拜见钟先生，他几次说：“晓群多做几年吧，我们的合作才刚刚开始。”我说：“还是要退下来，但为钟先生编书，我也意犹未尽。”前些天我计划去长沙，与钟先生请教一个新项目，还未动身，却接到他寄来的《旧锻坊题题题·钟叔河卷》，前面写着长长的一段话：“与俞晓群先生相识太晚，然知名太早，其任辽教社长时即曾约撰《载道以外的文字》，颇服其识见，非一般出版官员可比也。如能放手让他主持一个出版社，再干十年八年，于文化事业实在是大为有益的，可惜这只是我作为一个读者和一个作者的个人想法罢了，唉！赠此小书，聊为纪念。丁酉夏至念楼钟叔河”读此文字，我也“唉”一声，非为退休，只是感叹前辈的鼓励和期待，我作为晚辈，除了努力，还能怎样？

知　道

这些年每到八月份，我们的工作会进入“上海书展”的节奏，抓紧抢出一些新书到上海去发布。此中有一个重要项目，那就是沈昌文先生的著作，每年一部新书，也会赶在此时向读者推出。

沈先生是上海人，上海书展组委会多次请他去做嘉宾，做主旨演讲，再加上新书发布，搞签售会、座谈会，忙得很。尤其是进入八十岁后，沈先生不大离开北京，只有上海书展还愿意去，那毕竟是他早年成长的地方，那里留下他许多遥远的记忆。

现在又到临近上海书展的时候，我们早早提醒沈先生，您今年会出一本什么书呢？抓紧时间准备吧。但沈先生一贯的毛病，不到最后时刻绝不交稿。比如去年，书展上推出他的《师承集续编》，由于交稿太晚，只好用数码印刷制作出一百本，专供书展签售。

据说当年沈先生在做《读书》主编时，每期一篇《阁楼人语》，都是他亲笔来写，也是要到期刊付印前夜，他才会匆匆交稿，口中说着“快拿去付印吧”，每篇都写得极好。所以许多年来，期盼沈先生交稿的那一刻，就像等待谜底即将揭开一样，是一件很让人激动的事情。

但今年的状况让人有些失望。七月初的一天，沈先生背着包来到我办公室，脸上现出一种怪怪的表情，他说：“晓群啊，今年的书就不出了吧，上海也可以不去。我年龄大了，实在集中不起精力整理书稿。”见此情形，我给沈先生一个大大的拥抱，伏在他耳边说：“没关系，别着急，我想办法。新书还是要出，书展还是要去。”

我这样安慰沈先生，也不是说空话。因为在我的计划中，确实还有几个沈先生的书稿在候选。其中之一就是《知道：沈昌文口述自传》，沈昌文口述，张冠生整理。此书二〇〇八年曾在花城出版社出版，现在十年过去，我已经与冠生先生说过，拿来版权，重新整理出版。恰好遇到现在的情况，我马上想到这个项目，于是请沈先生批准，再与冠生先生商量，决定在今年上海书展上，推出《知道：沈昌文口述自传》新版、纪念版。

说到为沈先生写传记，我立即想到二十世纪九十年代。那时沈先生与辽宁教育出版社来往密切，王之江曾提示我，他说沈先生是当代极难得的出版家，我们能与他如此亲密接触，应该将所见所闻记录下来，非常有价值。我赞成之江的观点，还说你与沈先生接触最多，又是中文系毕业的高材生，就由你来执笔如何？之江接受我的建议，但二十世纪末情况突变，之江几经周转，最终离开辽宁，去南开大学做教授，围绕沈先生的种种文化追求一时云散。

但同样是在那个年代，张冠生先生有幸在费孝通先生身边工作，费老很看重沈昌文先生，凡是出版方面的事情，都请沈先生安排，因此冠生与沈先生接触很多。费老还对冠生说："沈昌文不错，多同他保持联系，多占领些阵地。"

张冠生先生身高体壮，相貌堂堂，为人温和憨厚，满腹才华，文字清新流畅，逻辑缜密，加上常年在大人物、大学问家身边工作，见多识广。比如为当代人物做“口说历史”，就是费老给他的建议。另外在日常接触中，冠生先生深为沈先生为人和才学感染，因此从沈先生入手，开始他的现场记录与整理工作。

说起沈先生晚年著作，先前有《阁楼人语》《书商的旧梦》和《最后的晚宴》等，相对而言，这一部《知道》最有史料价值和可读性，成为后来沈先生出版自传《也无风雨也无晴》的前奏。当然《知道》的出版也最让我遗憾，因为当年我无力将它在辽宁出版，更不要说做出冠生先生那样出色的整理工作。这一次海豚社试图再续前缘，也算是一种跨越时空的精神补救。

《知道》全稿只有十万字，又经过十年光阴的流变，如今捧读那些文字，竟然不断产生字字鲜活的感觉。冠生先生是一位心细如丝的人，他的整理文字注重真实准确，原汁原味，甚至在细微的口气上，都会让我的眼前，时时浮现出沈先生真实的影像。整理工作又是整理者学术水平与道德准则的综合体现，不添加、不消极、不平铺、不曲解、不误导，冠生先生方方面面都做得那样完美。也可能是我太了解沈先生，因此愈发敬佩冠生先生整理文稿时，落笔的精细、取舍的恰当和掌握分寸的得体。这样一部十万字的小书，这样一位时代的精英人物，这样一篇历史变迁的复刻，能被冠生先生运用他的妙笔，如此从容地书写出来，让我愈加敬佩。我与冠生先生年龄相当，现在却要仰视他的思考与才华。

此时我产生两个念头。一是此书虽然短小，却要阅读，要收藏。要记住这段历史，因为在文化长河中，在并不太长的中国现当代出版史、书籍史中，这一段记录如此坦率真实，如此耐人寻味，不可多见。二是它让我想起多年前，我的小书《前辈》出版，沈先生赐序，他在结尾处写道："我觉得，对于出版界先烈的事业，必须首先学习他们的思想，然后勇敢地实行，不要怕！我一生没有做到这些，是毕生的遗憾。"当时读到这里，我还心存戚戚然。但读过《知道》，我蓦然感到，沈先生作为一位出版家，实在无愧于这个时代。

写到这里，我突然想到，沈先生经常自嘲和自我矮化，说自己不过是上海的"小瘪三"，经常说一些

“不三不四”的话，还有他调侃的出版“二十字箴言”：“谈情说爱，吃喝玩乐，贪污盗窃，出卖情报，坐以待币。”他为什么这样做呢？是韬光养晦还是性格使然？此时我不想解释，却想到沈先生晚年为自己界定的两个身份：

其一是“知道分子”。做传媒出版，整天与知识分子、文化人打交道，从业者最容易角色错位。沈先生一直强调，虽然我们这个行业中不乏有学问的人，但职业性质决定我们是为作者服务的，所以我们的定位不但在知识上，更在知道上。比如知道眼下哪门学科活跃或萧条，知道哪位知识分子更有水平或已落伍，知道未来文化发展的走向与变化，甚至知道文化人的衣食住行等琐事，找到他们，请到他们，为你的文化构建服务。沈先生有一个绰号叫“包打听”，他说高水平的编辑不是比学问有多高，而是比你信誉有多高，你手头作者有多少，你操作能力有多强。有些新入行的或转行而来的编辑，时常会在自觉与不自觉中，跟作者比学问的高低，这是很愚蠢的，他们是知识分子，我们是知道分子，各安一隅，不能乱了身份。

其二是“不良老年”。今年沈先生八十七岁，一直很快乐。记者问他生活的窍门，他说“我是不良老年”。如何不良呢？一是动、静无度。说生命在于运动，他每天背个大书包满京城游走；说生命在于静止，他时常会坐在公共汽车上、饭桌前、会场上闭目养神，作一会儿气功“小周天”，立即面色红润，精神恢复。二是从不忌口，繁简由之。比如这些年，他中午会去一家清真小馆，一碗羊肉汤，一瓶啤酒，餐后回家小憩，下午再开始他的不良运动。三是面对衰老，他不掩饰，不感伤。比如参加座谈会，他开篇说：“叔叔阿姨们好，大家发言很热烈，我耳朵背了，什么都没听到。”引得满堂大笑，接着再发表他的高论。

这样一位知道分子，谁不喜欢呢？

人　文

近日出版《海豚人文书目》（二〇一〇~二〇一七），其中列入海豚社八年中半数书目，有近一千五百多种。我拿着这本小书，想到多年以来，我最喜欢的词语正是“人文”二字。

其实在古今观念中，“人文”词义复杂。先说今义，它号称“是一个动态的概念”，可以包罗万象，如《辞海》所言：“人文指人类社会的各种文化现象。”有哪些现象呢？文化、艺术、美学、教育、哲学、国学、历史和法律等，其下再分门别类，便无所不包了。比如一九九〇年联合国发布《人文发展报告》，提出所谓“人文发展指数”的概念，其中包括人的寿命、教育和收入，还有国民总收入等关键词。至此“人文”愈发成为一个箩筐。

这样的幻化很好，但它们不是我心中的“人文”。

我食古不化，所言无非两项。一是讲礼教文化，如《易经·贲》之《彖》写道："观乎天文，以察时变；观乎人文，以化成天下。"唐孔颖达疏："言圣人观察人文，则诗书礼乐之谓，当法此教而化成天下也。"二是讲人事，如《后汉书·公孙瓒传论》："舍诸天运，征乎人文，则古之休烈，何远之有！"唐李贤注："天运犹天命也，人文犹人事也。"

以上论说，让我想到《易传·系辞上》中一句话："形而上者谓之道，形而下者谓之器。化而裁之谓之变，推而行之谓之通。举而措之天下之民，谓之事业。"以往人们解说此语，好以哲学中"精神与物质"两个条幅归类。其实远远不够，其含义丰富很多，比如除去左右对仗之外，还有天地两层境界的存在。

在这样的观念熏陶下，做人做事，潜移默化，形成一条线索，时时影响着我们的行为。比如读书，有非实用类与实用类之分，进而产生精神与物质、无用与有用的思考。如果有道与器、变与通的认识，我们的阅读就会走出僵化与实用主义的误区，在所谓"闲书"的引领下，步入更高的人文境界。我们的人生才会有所举措，有事业可言。所谓读书要心平气和，不可急功近利，即使为生活计，为稻粱谋，它们依然有重要的现实意义。

以上“空话”不是本文的主要话题。只是在理清“人文”概念的基础上，回忆我的出版生涯，一路走下来，始终离不开人文精神的引领，成功、失败或种种思想表达，都离不开。

其一，一九八二年我来到出版社编理科教材教辅，后来受梁宗巨、徐利治、傅钟鹏、王常珠、吴振奎和郭书春等数学家和出版家影响，热衷于出版有人文内涵的理科书，比如《数学历史典故》《数理化信息》和《九章算术》汇校本等。尤其是出版“世界数学名题欣赏”十三本，提出“历史叙述，夹叙夹议”的写法，正是人文色彩的嵌入。一九八五年我的文章《数学美感的再现》写道：“要想把这些数学问题用生动的语言叙述出来，需要了解数学家的思想过程，这是最难、最难的。因为许多数学家都有一个习惯，他们不愿意暴露自己的研究经过（那里充满错误和反思），只将完成后的结论公布于众。正如阿贝耳（他发现群论，仅活二十七岁）评价高斯时所说：‘他像一只狐狸，总是用尾巴扫平在沙地上的痕迹。’所以人们常会感到：一部严整的数学论著，往往具有一种冷峻的、冻结的美感！它是常人无法欣赏的。丛书提出要求：作者不但要有较高的数学修养，还要了解数学文化，从中发现‘狐狸的踪迹’。即把已经形式化（或称公式化）的数学知识，用生动的语言描述出来。这是违反数学传统的，数学历来反对描述，推崇只有‘骨骼’（即逻辑推导与公式）的作品。现在需要增添‘活组织和服饰’，难坏了历来文字干瘪的数学家。最终拟订第一宗旨：用数学家的体温，溶解冷冻的数学！”

其二，一九八六年我出任辽教社副总编辑，在社内外几位有志向的朋友鼓动下，试图跳出狭义教育的范畴，出版一些具有人文精神的书。一九八七年策划“当代大学书林”，一九九〇年代策划“书趣文丛”，还有规模更庞大的“新世纪万有文库”。我们的追求：远学张元济、王云五和邹韬奋，近追陈原、范用和沈昌文。标杆式的图书如“汉译名著”“万有文库”和“读书文丛”。其实“书趣文丛”是三联“读书文丛”的外延，沈昌文先生在第一辑序言中写道："中国究竟是有几千年文明的古国。政治上闹感冒的时候，经济上犯穷病的光景，人们会发些'读书无用''百无一用是书生'的牢骚。日子一好过，政道一通畅，大家想到的多是如何建立一个'书香门第'——为自己的家，也为社会和国家。所以，要说'读书有用'，古贤今哲，说过的话尽多，可举的范例也尽多。不过，读书要怎么才能'有用'？认识却未必一致。从历史到时今，占主要地位怕还是那种把'读书'和'有用'直接联系起来的看法，所谓颜如玉、黄金屋即是。要换个说法，也无非是说读书之后要立即用书中的知识去实现任务出力，不然就有'遗少气''头巾气'之嫌！我们编这套丛书，要是想说明，'读书'这件怪事，实在并不简单。读以致用是好事，并不立即'致用'也不是坏事。甚至可以说，作为一个知识者，人人都应有'致用'和'不立即致用'这两种读书态度的结合。什么是'不立即致用'，那就是把读书当作一种兴趣，简单说来，'书趣'即是。"

其三，二〇〇九年下半年我到海豚社工作。这是一家儿童出版社，我该怎么做？在辽宁时我的口号是："辽宁教育出版社敬告旧雨新知，我们的理念：为建立一个书香社会而奠基！"到海豚社第二年，我确定办社方针为"人文童书，书香少年"。其中有两层含义：

一是在童书出版之外，加入一个人文系列。最先是沈昌文、陆灏联手策划"海豚书馆"，如今已有近九十本出版。接着是一批人文丛书出版，如"海豚文存""独立文丛""经典怀旧"和"海豚学园"，后面还有"小精装"个人文集系列等。它们迅速改变出版社的产品结构，增强个性出版，起到重塑品牌的作用。

二是在童书中融入人文精神，主要作法有四项。其一，引进世界名品，诸如美国《国家地理》童书、"吉尼斯世界纪录"等。其二，引进漫画名品，诸如丰子恺、蔡志忠和幾米的漫画和绘本。其三，开创"童书百年经典回顾"整理工作，出版《幼童文库》《小学生文库》和"童书经典回放"等。其四，出版《中国读本》和"儿童文学走向世界精品书系"等当代优秀作品。

近日《海豚人文书目》出版，我在序言中写道：

“在某种意义上，我们做出版都是在‘贩卖文化’，手段、门类、表达等差异的存在，只是技术层面的问题，不足为怪。关键是追求不同，那才是真正的差异。刘杲先生说：‘出版，经济是手段，文化是目的。’我实践出版三十几年，深深认同这个观点，同时希望追随商务、中华、三联等有传统的出版机构，使他们的文化理念能够得到尊重与延续。正是基于这样一些思考，我们编辑这本《海豚人文书目》。”

纯　粹

今年八月九日在上海，参加《陈昕出版思想评传》出版座谈会。经济学家张军先生谈到："陈昕先生是一个什么样的人？"结论："他是一个纯粹的人。"所谓纯粹，正在对于文化出版的追求上。

我主持海豚出版社工作八年间，曾经出版两部与陈昕先生相关的著作，一部是二〇一三年，出版陈昕先生随笔集《出版忆往》；另一部是郭泳女士的著作《陈昕出版思想评传》。

这些年为中国出版家出版著作，是海豚出版社的一个努力方向。我们每年争取自筹一些资金，腾出一些精力，为某位当代出版家出版一本精美的个人随笔，以示向这个行业致敬，向这个行业中的精英人物致敬。比如，我们曾出版刘杲先生《我们是中国编辑》，宋木文先生《思念与思考》，沈昌文先生《八十溯往》《也无风雨也无晴》和《师承集》，钟叔河先生《记得青山那一边》《人之患——为别人作的序》，朱正先生《序和跋》等等。因为是出版社独立操作，不求国家资助，还因为出版社能力有限，所以几年下来，我们出版的人物不是很多。当然也有不肯就范者，比如上海的巢峰先生，他一直是我们敬重的前辈，我曾当面向他老人家组稿，结果未能成功，因为他早已被上海同行们团团围住。

陈昕先生是我们列入的当代人物。因为海豚社的出版风格，以及书籍装帧的特色，得到陈先生的肯定和喜爱，所以我们才能够拿到他的书稿。当然，陈先生与前述诸位前辈有所不同，其一，他较上述那些人物要晚一代；其二，他也是我们列选的人物中，与他同时代的出版人中惟一一位。

回顾近百年，中国出版风起云涌，变化巨大，风云人物，不断出现。二〇〇八年我开始为《中国新闻出版报》写专栏“晓群书人”，两年时间写了十一个人物，有张元济、王云五、胡愈之、叶圣陶、巴金、邹韬奋、吕叔湘、张中行、周振甫、陈翰伯、陈原诸位先生，后来结集出版一本小册子《前辈》。有读者问，就这十一位前辈值得书写么？当然不是。当时的写作原则有两点，一是写逝去的前辈，再一是尽量写我熟悉的前辈，比如读过他写的书，读过他编的书等等。我所遗憾者，陆费逵、姜椿芳等先生资料已准备好，但来北京工作后一时忙乱，未及落笔。再有，专栏开笔时，范用先生还健在；当他在二〇一〇年离世时，我的专栏已经搁笔，也留下一段遗憾。

我夹叙上面一段故事，试图说明，针对时下那么多走红的一代出版人，我仅仅选择出版两部陈昕先生的相关著作，有一定的客观原因，但更重要的原因，还是我的主观意识在起作用。出版陈先生的随笔集《出版忆往》时，我曾听从陈先生指示，为之作序，其中已经谈到我的一些想法，归结起来有三点：

其一是百年以来，上海出版在中国的重要地位，无论是历史还是现实，都让我们不能无视，敬重有加。回顾我的出版生涯，当我起步的时候，当我遇到转折点的时候，首先会想到的，一定要去上海寻找传承和方法。比如我主编《万象》杂志的时候，比如中国出版改革深化的时候，比如海豚出版社“海豚书馆”树帜的时候，我都是来到上海，在这里学习经验，建立理念，找寻资源。尤其是百部“海豚书馆”，它的全部组织者：策划、主编、分系列主编等，几乎都是来自上海。所以我时常会说，有上海的出版历史和底蕴，才有中国出版的今天，任何时候，我们做出版的人都不能轻视上海。多学一学张元济、王云五、陆费逵、邹韬奋等出版家，多学一学商务、中华、开明、生活等老上海的出版社，我们会少走许多弯路。

一九五八年，陈翰伯先生在北京启动商务印书馆，他也是首先来到上海追寻历史，寻找资源，然后带着资料回到北京，又办展览，又请上海商务的老员工胡愈之先生讲述历史，从而完成北京商务的奠基工作。而在改革开放近四十年大动荡、大变革时期，陈昕先生等一批出版人才，他们在全国出版界的影响、地位和作为，决定我们必须对他的工作与贡献有所重视，有所关注，有所尊重。

其二是集团化，二十世纪九十年代后期始，全国以省划分，产生一大批出版集团，许多省市有几个集团。随之产生出版“老总一族”，其中有出版专家，有跨界而来的社会精英，有文化的坚守者，有市场化的冲昏头脑者。但是他们在每年的官方或媒体评选中，纷纷成为百年出版家、新中国出版家和年度出版家。我作为身处其中的一分子，种种亲见，引发许多思考。

在“老总一族”中，陈昕先生是少有的几位文化坚守者，或曰颇具特色的坚守者，这些年他喜欢说一句话，“守护出版人的崇高与纯粹”，这正是他坚持文化出版与独立人格的体现。在出版方向的问题上，在资本运作的问题上，在多元化的问题上，在好书评价的问题上，当许多常识都变成罕见之物的时候，陈先生能够保持清醒的头脑，实在难得。记得在那段时间，我曾经两次到上海世纪集团学习，一次是我在辽宁出版集团任副总时，我来上海学习，见到陈昕先生，面对业内人士思想认识的混乱，我感到他心情颇为沉重；再一次是二〇〇九年底，我已在北京工作。我随中国外文局参观上海世纪出版集团好书陈列馆，陈昕先生在讲解时激动地说，只有好书才能进来，坏书、格调不高的书，能挣再多的钱也不允许进入这个陈列馆。

说到这里，他狠狠地挥一下手，表情有些愤怒！我想，当常识也需要愤怒的时候，可见问题的严重，以及坚守者内心的痛苦。

那些年，身居上海的出版业内人士，可能“入幽兰之室，久而不闻其香”。我们许多外观的人始终认为，在那样一个社会变革的时期，有上海出版的百年传统，有陈昕先生等一批出版家不为时势左右，保持文化出版的本质，实为中国出版的幸事。

其三是陈昕先生的才华。让我们听一听几位重要人物的评价：

邬书林先生说，在我的心目中，陈昕同志是那些能贯彻党和国家方针政策，严格遵守各项规定，同时具有严谨的工作态度、厚实的学术功底和精湛的编辑功夫，能认真完成承担的重要出版工程，并努力使之成为当下有影响、立得住的出版精品的出版集团领导人之一。

汪丁丁先生说，陈昕是出版家并且是出版界的经济学家，以往三十年，他保持了对出版问题和中国经济发展问题的敏感性。因此在一九八〇年代中后期和一九九〇年代初中期，由他创立的“上海三联学派”成为中国改革开放一代经济学家旷野呐喊的大本营。二十一世纪以来，主要由他擘画的“世纪人文系列丛书”声势夺人，……堪称现代中国学术思想的“四部丛刊”。

林毅夫先生说，陈昕先生所著《出版经济学研究》提出的对策建议具有较强的前瞻性和可操作性，堪称学术价值与实用价值俱佳的论著。我相信，作为他数十年出版实践的思想结晶，这部力作必将对中国出版产业的未来和发展产生重要影响。

说　明

近四十年，中国文化在世界上，经历一个复杂的变化过程。从开放、引进、提升到双向交流，逐步实现所谓“走出去”，一步步融入世界文化怀抱。这些年我身处出版界，亲历一些变化。

记得二十世纪八九十年代，国家门户刚刚打开不久，我们参加国外书展，看到发达国家的图书五光十色，令人眼花缭乱，因此引发图书版权引进的大潮。我引进的第一本外版书是《牛津少年儿童百科全书》九卷本，当时经沈昌文先生牵线，与香港牛津大学出版社合作推出中文版。此后在沈昌文、孙立哲、陆灏、林道群等帮助下，我们开始大规模引进海外优秀出版资源。

那时在国际版权界，没有人知道我所在的辽宁教育出版社，老外们说到中国，只知道北京、上海，甚至不知道辽宁在何处。记得二十世纪九十年代，我在沈阳接待一位美国出版商，他走下飞机，环顾小小的桃仙机场，带着鼓励的口吻调侃我说:“俞先生加油，当初林肯总统也是从一个小城镇走出来的。”

那时我们向西方许多著名的出版公司购买版权，最初他们不知道我们的情况，更谈不到信誉，因此不肯轻易授权给我们，时常会问我们跟哪些西方公司合作过，请他们出示证明。比如香港牛津大学出版社跟我们合作出版《牛津少年儿童百科全书》，后来他们帮助我们出过许多证明函。

今天提到辽教社，人们只记得“书趣文丛”“新世纪万有文库”和《万象》杂志，其实我们还引进许多海外的好书，如《工商管理大百科全书》《吉尼斯世界纪录大全》，“傻瓜系列”“探索频道系列”“韦伯斯特新世界辞典系列”“国家地理学会旅行家系列”“幾米绘本系列”“哈珀·柯林斯口袋书系列”等。对应这些项目，辽教社成立探索工作室、国家地理工作室、吉尼斯工作室、BBC 工作室、万象书坊、傻瓜工作室等，招聘国际化人才，那时电子邮件刚刚流行，我们的小编辑每天都在互联网上与外国公司联系。一次美国前总统尼克松的女婿来访，他是国际资本运作专家，我安排这些工作室主任与他交流座谈，事后他惊异地说："没想到这里有这么多优秀的国际化人才。"他们大多是博士硕士毕业，只有二十几岁，如今几乎都成为业内骨干，担当社长、总编、总经理等。比如张国际，那时他只有二十五岁，是全国最年轻的总编室主任，他至今感叹说："如今听一些出版社介绍经验，我总会想到，有些事情我们二十年前就做到了。"

到本世纪初，国家经济实力增强，进而提出改变"文化逆差"的状态，主张强化外宣图书的出版，实现文化"走出去"。对我而言，参与此项工作有两个阶段：

其一是在辽宁工作时，将一些优秀图书推向国际市场，比如《九章算术》汇校本、"世界数学名题欣赏"和《数学历史典故》等。最成功的案例是《中国读本》，此书在国内发行一千多万册。后来请作者苏叔阳先生结合海外读者的特点，多次修改书稿，不断推出新版本，最终取得成功，实现有十几种语言的版本走向世界。其"走出去"主要渠道有三个，一是民族出版社，他们翻译五种语言，得到国家资助；同时还有繁体字版在港台出版，列入香港中学生课外读物。二是德国贝塔斯曼书友会，他们将《中国读本》翻译成英、德、俄多种语言，在各国读者俱乐部中推广。三是得到各国大使馆重视，他们主动找上门来，将《中国读本》作为文化交流的官方推荐项目。

其二是二〇〇九年我来到中国外文局工作，在近九年的时间里，我见识了一个具有六十多年外宣历史的"老单位"，对他们充满敬意。有人说外文局是文化"走出去"的国家队，最初我认识不足，后来身处其中，看到他们身处高层，肩负许多国家重任，历经风风雨雨，见多识广，积累丰富的经验，可学习之处实在太多。

我作为其中一分子，努力做出一些项目：一是将原有的项目奉献出来，如《中国读本》《认识中国》等。二是创新概念，如《中国的吉尼斯世界纪录》，吴晓红主编，此书文化视角极好。还有《丰子恺诗画》（许渊冲英译）《许渊冲经典英译古代诗歌1000首》《丰子恺儿童漫画选》等，已经被国内外读者当作经典著作。三是人物追踪，如赵启光先生，我们几乎整理出他的全部中英文版著作。四是少数民族题材，如《格萨尔王》（漫画）、《西藏非物质文化遗产传承人口述实录》。五是童书建设，有三个重要项目让我难忘："儿童文学走向世界丛书"梅杰主持，中英文版；"海豚双语童书经典回放"近一百种；《这就是二十四节气》王然主持，中文版已印二百万册，多国购买版权。

总结文化传播的经验，有一个概念必须理清，即宣传品与商品的区别。在通常的国际观念中，宣传品是非卖品，往往用于政府赠送，比如各类宣传资料，还有蓝皮书、白皮书等，政府资助或建立专门的出版传媒机构，宣传本国政府的声音。而以商品为载体的文化传播，是各国经济实力和文化软实力的标志，其受众、影响力和可信度，与宣传品大不相同。上面我谈到的图书"走出去"，大多是在商品意义上的操作。

说到宣传，我们的概念也有一个演化的过程。本世纪初提出文化"走出去"的概念，许多人觉得此语太过直白。我记得，当时央视采访王蒙先生，记者问他对文化"走出去"的看法。他说这是一件好事情，但我们搞文化的人，怎么用这样一个词汇，能否找到更好的话语表达呢？不过王蒙先生也没说出该用什么。

再者“对外宣传”的概念产生很早，简称“外宣”。最初它的含义比较模糊，后来随着现代化进程的深入，以及国际化与市场化经验的积累，人们对此认识越来越清晰，但称谓没有变化。其实有一个很好的说法，叫作“向世界说明中国”，它应该是赵启正先生提出来的，对此有他的两卷本巨著《向世界说明中国》为证。我觉得“说明”二字用得极好，心平气和，不卑不亢，平等相对。启正先生是科学家出身，后来从政、做外交官，他思维敏捷，善于表达。我在辽宁时曾与柳青松、张国际一同出版他的《在同一世界——面对外国人 101 题》，他与美国宗教领袖路易・帕罗的对话，颇见启正先生的才华与智慧：

帕罗说：“无神论者的内心是孤独的。”启正答：“庄子曰：‘子非鱼，安知鱼之乐？’”帕罗说：“有神论者主张终极关怀。”启正答：“那么孔子是无神论者，他说，‘未知生，焉知死？’”帕罗说：“科学家在探索真理的过程中，爬上第一座山，找不到人生的终极答案；

爬上第二座山还找不到；爬上第三座山时，发现神学家正在山上望着他们微笑。”启正答：“不，第三座山也不是科学研究的尽头，科学家对于绝对真理的追求是无止境的。”帕罗说：“你再往前走，还会看到神学家的微笑；即使你来到火星，神学家已经来到更高的天堂。”启正答：“实际上，科学家与神学家各有一座山。他们必须友好相处，彼此打招呼。”

笔　记

二〇一一年春节过后，梅杰离开武汉，来北京海豚出版社工作。不久他送给我一本《绮情楼杂记》节录本，喻血轮著，梅杰整理，长安出版社出版。我早年在天涯网上，即见到他经常以网名“眉睫”发帖，撰写各类学术评论，思想颇有见地。比如以“寻找文学史上一些失踪者”为主题，研究废名、许君远等文章非常好看。那时梅杰只有二十几岁，有这样的心智与追求，十分难得。

读那本《绮情楼杂记》，一时兴趣盎然。我曾为报刊写一段推介文字：“喻血轮先生是一位民国报人，也是一位言情小说家，早年他的《林黛玉日记》曾畅销一时，被鲁迅先生调侃‘它一页能够使我不舒服小半天’。《绮情楼杂记》号称‘民国版《世说新语》’，我草草翻阅，文字清楚，故事新鲜，八卦很多，确实好看。让人想到陈巨来《安持人物琐忆》，他们都是‘大嘴文人’一类，喻先生则声言更注重‘就事写实’。其实此类笔记多为随性之作，文中演义或误传之处在所难免。比如书中写蔡锷与小凤仙，说蔡死后，小凤仙又嫁汉奸王克敏为妾，其实是将另一位妓女小阿凤安到小凤仙头上。不过自《世说新语》传世至今，历代‘笔记’绵延不绝，史学地位不容忽视。”

前不久《绮情楼杂记》足本在九州出版社出版，厚厚一大册，内容补充很多，装帧提升不少，书后梅杰编《喻血轮年表》很好看。尤其是看到梅杰在后记中写到，他在黄梅一中读书时，即“矢志研究黄梅历史人物，喻文鏊、废名、喻血轮、汤用彤、邓文滨、王默人、刘任涛……”，连年出版多部整理和研究著作。如今梅杰已过而立之年，阅世阅人，落于笔端愈发沉稳，让我愈发欣赏。

当年董桥先生拿到《绮情楼杂记》节录本，了解梅杰的身世，读书前羽戈先生长序《伤心最是中原事》，知道他们都是二十几岁的青年人，大为赞赏他们的工作，还曾经专门著文《拜访兰香玉——评〈绮情楼杂记〉》。

谈历代“笔记”，究其源流，《辞源》将其归于两项：

其一，古称散文为笔，与“辞赋”等韵文对称时，也称笔记。《艺文类聚》四九南朝梁王曾儒《太常敬子任府君传》写道：“辞赋极其清深，笔记尤尽典实。”南朝梁刘勰《文心雕龙》的《才略》篇写道：“路粹杨修，颇怀笔记之功；丁仪邯郸，亦含论述之美。”

其二，随笔记录的短文。宋代宋祁著有《笔记》，始以笔记名书。南宋以来，凡杂记见闻者，常以笔记为名，如龚颐正《芥隐笔记》，陆游《老学庵笔记》。也有易其名为笔谈、笔录、随笔者，如沈括《梦溪笔谈》，杨彦龄《杨公笔录》，洪迈《容斋随笔》。明代人亦有名为日记者，如叶盛《水东日记》。

我喜欢历代笔记类典籍由来已久，早年读《聊斋志异》《搜神记》《世说新语》《梦溪笔谈》《容斋随笔》和《日知录》等，后两册有二十世纪九十年代王之江先生送我很好的版本，至今奉为案头书。这样的爱好影响我一生的阅读生活与写作。

二十世纪八十年代末，我用五年时间写《数术探秘——数在中国古代的神秘意义》，列入北京三联书店“中华文库”。最初我以读经书为主，后来潘振平先生提出，要学习黄仁宇《万历十五年》的笔法，以讲故事的方式叙述问题。因此我在注重读经的同时，开始大量阅读史书，接着又开始阅读历代笔记。最初的阅读惊喜是《搜神记》《太平广记》，那里的故事实在太多，既生动有趣又能说明问题。但是引用笔记中故事，开始还有些胆怯，总觉得其偏重民间传说、个人记述，难入正史。后来有两件事情改变了我的看法：

其一，史书与笔记之间有许多联系。比如干宝《搜神记》，有些章节的故事即取自《汉书·五行志》和《后汉书·五行志》；而《宋书·五行志》中的一些内容也取自干宝《搜神记》。比如《搜神记》中有《仪仗生花》故事：“太兴四年，王敦在武昌，铃下仪仗生花，如莲花，五六日而萎落。说曰：‘《易》说：枯杨生花，何可久也？今狂花生枯木，又在铃阁之间，言威仪之富，荣华之盛，皆如狂花之发，不可久也。’其后王敦终以逆命，加戮其尸。”《宋书·五行志》也写道：

“王敦在武昌，铃下仪仗生华，如莲花状，五六日而萎落。此木失其性而为变也。干宝曰：‘铃阁，尊贵者之仪；铃下，主威仪之官。今狂花生于枯木，又在铃阁之间，言威仪之富，荣华之盛，皆如狂花之发，不可久也。’其后终以逆命，没又加戮，是其应也。”《宋书》这段内容显然取自《搜神记》，可见史官重视笔记内容，即使是所谓“正史”，亦大胆引用，并无质疑或轻视之意。

其二，二十世纪九十年代中叶，辽教社出版“新世纪万有文库”，选书者极有眼光和见地，收入许多历代笔记类典籍，有李慈铭《越缦堂读书记》、赵翼《廿二史劄记》、刘知幾《史通》、章学诚《文史通义》、张舜徽《清人笔记条辨》等，点校者傅杰、虞云国、黄寿成、李春伶等。这些书，再加上我此前的阅读，对我后来影响至深，将其中许多观点引为学术灯塔。比如：

顾炎武《日知录·作史不立表志》，讲史书中“志”的地位，在《救文格论》中写道：“作史莫难乎志。纪、传一人之始末，表、志一代之始末，非闳览博物者不能为。”

李慈铭《越缦堂读书记·史部》，讲《汉书·五行志》留下文化遗产：“七月初三，夜加朱《汉书·五行志》一卷毕。此志颇有乖错复杂处，然伏生《洪范五行传》、京房《易传》、刘向《五行传记》、刘歆《左氏传说》，皆幸于此志存其梗略。欧阳、大小夏侯之《尚书说》亦可考见一二，盖皆西汉经学大师所遗鳞爪，深可宝也。”

赵翼《廿二史劄记·汉儒言灾异》，讲天人感应的演变：“汉兴，董仲舒治《公羊春秋》，始推阴阳为儒者宗。宣、元之后，刘向治《谷梁》，数其祸福，傅以《洪范》，而后天之与人又渐觉亲切。观《五行志》所载，天象每一变必验一事，推既往以占将来，虽其中不免附会，然亦非尽空言也。”

有这些话引领我们读史，尤其是读像《五行志》那样冷僻的历史篇章，确实有画龙点睛之功效。这样的阅读还影响我的写作，比如我的《一个人的出版史》三卷，即为工作笔记。还有两部重要著作，也采取笔记的文体：

其一是《数与数术札记》，有一大半篇幅是阅读

“十三经”的纪数笔记。比如读《易经》，点数其中数字：“一”出现五处；“二”出现一处，还有一处为“贰”；“三”出现二十三处；“七”出现三处；“八”出现一处；“九”出现一处；“十”出现五处；“百”出现二处；“亿”出现一处；数字“四”“五”和“六”没有出现。再逐一注说这些数字的文化意义。

其二是研究《二十五史》“五行志”，我在写三部著作：《五行占》《五行志通考》和《五行志札记》，其中最后一部也是笔记，写起来旁征博引，非常有趣。比如何谓“妖”？《汉书·五行志》：“凡草物之类谓之妖。妖犹夭胎，言尚微。”《左传》宣公十五年：“天反时为灾，地反物为妖。”《荀子·大略》：“口言善，身行恶，国妖也。”

百　岁

当你步入老年，当你陷入回忆的情绪之中时，你会发现，往事像一丛乱发，从少年到老年，由青丝如缕，渐渐步入“白发搔更短，浑欲不胜簪”的境地；时间又像一位无情的理发师，他一手持梳，一手握刀，几经爬梳，几经翻剪，那一头“记忆的乱发”已经黑白掺杂，满地飘落，所剩不多。

我从事出版工作三十几年，亲历亲见的学者、作家可谓多矣。如果以年龄为纪，我结识的作者中，年龄最大者，可以追溯到二十世纪初诞生的老人。我与他们相互接触，那一点记忆，始终在脑海中留存。但随着时间的流逝，他们的面目日渐模糊，往事日渐凋零，想来颇为感伤。现在说几段他们的故事，聊慰情怀：

其一是“国学丛书”编委会。这套书是一九八九年末，由《光明日报》陶铠、李春林和梁刚建三位先生发起，在辽教社出版。一九九〇年二月组成编辑部，成员有葛兆光、王焱、冯统一、陶铠、李春林、梁刚建、俞晓群、刘瑞武和王越男。一九九〇年三月在北京召开第一次编委会，编委有：王世襄、王利器、方立天、刘梦溪、汤一介、张政烺、张岱年、庞朴、李学勤、杜石然、金克木、周振甫、徐邦达、袁晓园、梁从诫、傅璇琮和贾非贤。

这个编委会成员很厉害，当时有“第一编委会”之称。其中有几位“大龄老人”，我们当时能与他们接触，留下一些记忆，也是一件很幸运的事情。

张岱年先生（一九〇九～二〇〇四）。一九九〇年二月我们组建编委会时，曾聘请张先生为主编，他欣然接受。我们还聘请汤一介、庞朴和梁从诫先生为副主编，当时汤先生不在国内，无法确认；庞先生太忙，婉拒副主编一职；梁先生同意出任编委。所以“国学丛书”只有主编，没有副主编。张先生高高的个子，对人和蔼可亲。冯友兰先生曾赞扬张先生：“其为一忠厚朴实之青年，气象木讷，若不能言，虽有过人聪明而绝不外露，乃益叹其天资之美。”还把堂妹冯让兰介绍给张先生相识，终成百年之好。

那些年张岱年先生多次写信给我，谈论书稿和作者的事情，有时见到我发表文章，他也会在信中提到，并且赞扬几句。我在日记中写道：“张先生为人真好，即使到老年，依然一副翩翩君子的风度。他的情绪总是那样平和，说话不紧不慢。只是提到动乱时，他突然激动起来，那时让他去扫大街，他说那才是真正的‘诗书扫地’！”

王世襄先生（一九一四～二〇〇九）。王先生是“一〇后”，至今也过百岁诞辰。我记得那时相见，他胖墩墩的身材，脸上总是堆着笑容。我们聘请他出任编委，他在会上欣然应允，会后却将八百元聘金退回来，他说自己水平不够，出出主意是可以的，不敢接受聘金。还有一件事情让人遗憾，那是一次编委会散会后，王世襄先生把我叫到一旁，向我介绍他的《明式家具研究》书稿，拿出一些画册和照片给我看。我不太懂书稿的价值，另外那时我只是一个副总编辑，没有能力接受他的大作，留下遗憾。后来我们通过沈昌文、冯统一先生经常与王先生来往，还在辽教社出版他的小书《北京鸽哨》。

说到冯统一先生，他瘦高的个子，身着对襟蓝色衣衫，脚蹬一双中式布鞋，光着头顶，戴一副金属框眼镜。冯先生极为随和，善讲故事、广交名流，对器物收藏、纳兰性德、武侠都有研究。笔名冯不二、拓拔逢，经常写一些奇奇怪怪的文章。冯先生跟王世襄先生极熟，他说王先生是一位大才之人，“玩儿”都能玩出学问。比如斗蟋蟀、养鸽子，《北京鸽哨》就是冯先生推荐给我们出版的。王先生又是一位美食家，还精于烹饪，他与朋友聚餐时，时常会自己背着一口锅、带着食材参加，因为要想做出好菜，炊具和食材都是很重要的。冯先生还讲道：王世襄先生与启功先生私交很好。一次王先生的儿子出国，临行前想到启功先生家要几件字画什么的东西，好到国外送礼。启功先生说：“你随便拿吧。”王公子就把字画、砚台等拴上绳子往脖子上挂，压得都抬不起头来。启功站在一旁开玩笑说：“小子，当心别勒断你的细脖子。”

其二是吕叔湘先生（一九〇四~一九九八）。

二十世纪九十年代初，我动念出版《吕叔湘全集》。一九九五年，在沈昌文先生帮助下，有幸去吕先生家拜访。一九九八年吕先生去世，终年九十四岁。二○○二年《吕叔湘全集》十九卷在辽教社出版。我在一九九五年的日记中，曾经记下这样一段故事：

二月二十一日：自从去年末，湖北王建辉先生与我谈道："这是一个承前启后的时代，应该搞一些大学问家的全集。"我动了心思。今日在京，我向沈昌文先生专门请教编"全集"之事。先谈到钱鐘书先生，沈先生不肯做，一是钱先生的作品与三联、中华等老社渊源太深，沈先生出于多年的情感，不忍心下手；二是他即使想下手，也未必拿得来，以董秀玉等出版高人与钱锺书、杨绛的关系，沈先生也不尽占优势。接着，沈先生列出一大排名单，我从中挑出吕叔湘。闻此言，沈先生面有难色，嘴里却开玩笑说："你倒识货。"但他还是应下来。

二月二十三日：沈先生先去吕叔湘先生家，回话说，吕老同意此事。其实我们清楚，吕老年事已高，哪里知道我们是谁？只是同意由沈先生为他主持此事即是。

三月十日：我们又去北京，在沈昌文、赵丽雅的引导下，来到吕叔湘先生家，见到吕老及其女吕霞，算是初步确定出版之事。第二天，沈先生代替吕老起草了一份委托书，在电话中向我宣读一遍。

四月十二日：我到北京，与沈昌文、吴彬敲定委托书及合同。

八月十一日：我到北京，在沈昌文先生引荐下，在天伦王朝拜见陈原、吕霞，陈先生是商务印书馆前任老总，而吕老的许多作品版权都在商务，有陈先生出面，自然没有问题。第二天，我们再次到吕叔湘先生家拜访，沈先生在前，我等亦步亦趋。至此，我与沈先生的“师徒之势”已有模样。

十一月十四日：在此前半年多的时间里，沈先生一直建议，用《吕叔湘全集》的稿费建立一个基金会，陈原先生做主任；今天得到消息，未达成一致意见，只好作罢。

除“日记”之外，我的头脑中还残存着一些现场记忆：当时进入吕先生家，吕夫人对人极其温和，我们坐好后，稍过一会儿，吕先生的大女儿吕霞，扶着衣着整洁的吕先生从里屋走出来。吕先生身材瘦小，穿着一件蓝色对襟布衫，手中持着一柄手杖。那时的吕先生口齿不很清楚，几次见面，我最深的记忆是吕先生谈三件事情，一是《读书》杂志的错字；二是他几次说："我的书稿都由沈昌文负责，听他的安排"；三是他几次问沈先生："你刚从上海回来么？"当时沈先生喏喏连声，不知所云。出来后我问沈先生："话从何来？"沈先生说："以前经常去拜见吕先生，我又经常去上海出差，所以总是告诉吕先生，我刚从上海回来。没想到就永远留在他的记忆中。"

及此，本来还想再写几位百岁前辈的故事，如周振甫、陈原先生等，篇幅所限，也是情从中来，却想到那段古诗云："生年不满百，常怀千岁忧。昼短苦夜长，何不秉烛游。"

找　书

二〇一四年，我的著作《那一张旧书单》出版，书名取自书中第一篇长文的名字。在这篇文章中，我讲述一些名家开列的书单，第一个是“皇帝的书单”，讲的是在戊戌变法之前，光绪帝请总理各国事务衙门为他找寻“新书”的故事。所谓新书，主要是指一些译介海外政治文化的著作。

没想到后来，这段故事竟然引出一位大出版家，并且与一个百年出版企业联系起来。他就是张元济先生，以及商务印书馆。

张元济先生生于一八六七年，一八九二年中进士后入翰林院，一八九四年至一八九八年间，他作为六品官身兼数职：刑部主事，总理衙门章京，兼办矿务铁路总局事务。张先生回忆，当时他在总理各国事务衙门担任章京职务，这个衙门所主管的部门非常广泛，包括学堂、铁路、开矿、造船、练兵、外交等。主管官为总理王大臣，一共有八九位，恭亲王奕䜣，庆亲王奕劻和李鸿章等都是领袖。

光绪帝喜欢看新书，戊戌年间，常常写条子到总理衙门要书，此事都由张先生经手办理。黄遵宪作一部《日本国志》，光绪帝指名要这部书看，也是张先生取来送进去。那时找新书不易，张元济或将私藏及朋友的书拿出来进呈皇帝，每次送书必具“总理各国事务衙门章京张元济呈”。

一八九八年六月，戊戌变法开始之际，翰林院侍读学士徐致靖向光绪帝举荐五位“通达时务人才”，有康有为、黄遵宪、谭嗣同、梁启超和张元济。其中对张先生评语：“熟于治法，留心学校，办事切实，劳苦不辞。”上此折三日后，光绪帝同日分别召见康有为和张元济，以往皇帝只召见四品以上官员，康、张均为六品，算是破例。后来张先生上两条革新奏折。

当年九月变法失败，张先生被处以“革职永不叙用”。这算是轻判，据陈叔通先生文章《回忆商务印书馆》记载，张先生曾对陈先生说，当时维新分子确实有生命危险，许多人被下狱、砍头。有一天慈禧太后下旨，革职一位与张先生官阶相仿的京官，处分为“革职永不叙用”。光绪帝在一旁插言：“那么张元济也应当革职永不叙用。”皇上此言，显然有保全张元济之意。

张先生回忆，当时康有为到天津后马上坐英国船逃走，西太后命荣禄派飞鹰军舰去追，没有追到。梁启超由日本人送他到塘沽上船，荣禄派王修植追梁启超，有人说王修植头脑很新，对西太后不满，荣禄所以派他去追赶，意在放走梁启超，因为荣禄是个狡猾的人，惯于两面讨好。但此说不能证实。王修植曾经上船检查，当时梁启超已剪去发辫，改穿日本和服，王修植虽然认识他，但不欲道破，敷衍一番即离去，后梁启超逃亡日本。

据载在张元济先生八十一岁时，他卧病在床。顾廷龙、蔡尚思和方行前去拜见，请他鉴定谭嗣同先生的一份手稿。张先生一面鉴定，一面用手在颈间比划，表示谭氏是维新失败后被戮就义，忽然又气急难言，老泪纵横，可见当时精神刺激之深重。

其实除徐致靖推荐之外，据言张元济先生经常为光绪帝找新书，署名“总理各国事务衙门章京张元济呈”，也让皇帝知道此人。那么光绪帝召见张元济时说了什么呢？张先生回忆，许多内容已经忘记，有两件事情值得记忆：一是谈到翻译新书，光绪帝说：“外交事关重要，翻译必须讲求。”再一是当时张先生参与创办西学堂暨通艺学堂，教授英文和数学，学生有四五十人。学堂聘请二位教员，一位是同文馆的学生，另一位是严复的侄儿严君潜。“通艺”二字是严复所取。光绪帝知道此事，问到学堂情形，张先生把学生人数及所学科目告诉光绪帝，他勉励张先生说：“要学生好好的学，将来可以替国家做点事。”

变法失败后，张元济先生见到李鸿章，他对李鸿章说：“现在太后和皇上意见不合，你是国家重臣，应该出来调和调和才是。”李鸿章叹一口气说：“你们小孩子懂得什么？”一八九八年十月，张先生去上海谋生，李鸿章写信给盛宣怀，请他安排张先生到南洋公学主理译书，其间曾印刷严复译亚丹·斯密《原富》等书。翌年张先生出任南洋公学译书院院长。一九〇二年张先生离开南洋公学译书院，加盟商务印书馆，组建编译所。

以上由为光绪帝找书到戊戌变法兴衰，再到张元济先生受到处罚，最终加盟商务印书馆，发誓“一生不入公门”，这段故事似乎有了了结，其实不然。

据叶晓青文章《光绪帝最后的阅读书目》记载，在中国第一历史档案馆所藏内务府档案中，见到一份“呈进书籍档”，数件合成一件，应该是内务府办理光绪帝索要购书单的记录。第一份是光绪三十三年十二月二十六日（一九〇八年一月二十九日），由内务府奏事处交出，光绪帝朱笔所列三十九种书目，包括政治官报局刊印图书五种，商务印书馆新印图书三十四种。两天后，内务府进呈其中的二十七部，同时对未能进呈的其他书目陈述原因，多为品种不齐或尚未出版。

光绪三十四年正月十六日（一九〇八年二月十七日）内务府又补进五种：“《日本宪政略论》四部，每部一册；《政治一般》四部，每部二册；《欧洲财政史》四部，每部一册；《日俄战纪》四部，每部一册；《战法学》四部，每部三册。”

同年正月二十八日，光绪帝回复，他从《政治一般》一书中，抄下一份长长的目录，交给内务府，要他们查明出自何书，并索要这本书。这份目录的内容如下："第一编古代史。第一章总论，第二章三大国民，第三章低格里幼发拉的河边诸国之兴亡，第四章希腊国民概论，第五章希腊人移住及斯巴达勃兴，……"

接着光绪帝写道："此系《政治一般》书内之目录，与原书所叙者不合，当系何种历史之目？应将此种历史向商务印书分馆问明。购取四部呈递。再，近来商务印书分馆又有新印各书，一并购呈，每种四部。《瀛寰全志》附图一册，《万国史纲》《英华大辞典》《帝国主义》《欧洲新政史》下册，《高等学堂中国史》《西洋历史教科书》《华英音韵字典集成》《华英进阶全集》《和文汉译读本》。"

两天后，内务府将除《英华大辞典》《帝国主义》和《欧洲新政史》之外的其他书籍进呈，并禀告商务印书馆方面的答复：上述光绪帝从《政治一般》中抄写的目录，"据云系《西洋历史》目录，误订在《政治一般》书内"。

另外，直到光绪三十四年三月二十四日，内务部还在按光绪帝上述指示，陆续进呈图书，总数超过五十种，最后一本是商务印书馆《自治论》。半年后光绪帝病逝。

从一八九七年前后张元济先生为光绪帝找书，到一九〇二年张先生离开南洋公学译书院，加盟商务印书馆，再到一九〇八年光绪帝最后的书单，其中许多书出自商务印书馆，期间张元济先生在商务印书馆任编译所所长及经理。君臣之间这一段“找书”故事，至今读来，依然让人唏嘘不已。

选　书

所谓出版人，其首要任务就是要甄选作者的作品，择其优良者排印成书，向读者推荐。不同的出版机构有不同的选书信誉，商务印书馆善于选择辞书与译著，中华书局善于选择中国古代典籍，人民文学出版社善于选择文学作品，人民出版社善于选择政治读物……一般说来，出版社是选书的第一步，有了他们推荐的书目和产品，才会有后来的作者推介、媒体评介、商家宣传和读者口碑。

按此意义推演，一个出版人，他选书不单是给自己看，更是给大众看。所以他应该兼具两个重要素质：一是选书的良心，再一是选书的能力。就后者而言，选书者可以分为两种类型：

第一种类型，出版人本身是选书专家。张元济是出版家，还是版本学第一号人物。王云五说："菊老平素拗谦逾恒，一日笑语余曰，‘余平素对版本学不愿以第二人自居，兹以远离善本图书荟萃之古都，故不免稍逊傅沅叔（增湘）矣。’即此一语，可知其对版本学自信之造诣。”胡道静说，张元济对版本整理有三大贡献：影印出版《四部丛刊》初、二、三编，共收入善本要籍五百四十种；影印出版《百衲本二十四史》；影印出版《续古逸丛书》四十七种。

王云五选书则以百科类、丛书类见长，这与他早年阅读有关。他二十岁时从商务印书馆西书部分期付款，购得原版《大英百科全书》三十五巨册。他说：“由于该书内容无所不包，我平素爱书成癖，几有过屠门而大嚼之势。……自该书购到之日起，接连约三年内，几乎每日都把该书翻读二三小时，除按各条顺序阅读大概外，通常系从索引方面，将某一题材与其相关题材，作较有系统的阅读。结果，除了许多人名、地名等无关重要者略而不读外，所有重要条文，皆曾涉猎。”此种读书方法有利有弊，但王云五得到益处有两点：一是丰富知识，被胡适赞为“有脚的百科全书”；再一是他后来投身商务印书馆，曾经立下志向，要编中国自己的百科全书。虽未成功，但他为之做大量卡片，并将它们以“小丛书”的形式出版。诸如“国学基本丛书”“汉译世界名著丛书”“学生国学丛书”“国学小丛书”“新时代史地丛书”“百科小丛书”“农、工、商、医学小丛书”“师范小丛书”“算学小丛书”和“体育小丛书”等。最终汇成“万有文库”两集四千种，是二十世纪三十年代世界最大规模的丛书。

第二种类型，出版人身边聚集一大批选书专家，正如沈昌文所言，一个优秀的出版人，不但要看他学术水平有多高，还要看他身边聚集的名家、作家有多少；编辑不单是知识分子，更是知道分子；编辑的主要职责不是做学术专家，而是为专家服务。

二十世纪二十年代初，商务印书馆张元济、高梦旦觉得自身学问跟不上时代变化，希望请胡适来馆工作。一九二一年四月二十七日《胡适日记》写道：“高梦旦先生来谈。他这一次来京，屡次来谈，力劝我辞去北京大学的事，到商务印书馆去办编辑部。他是那边的编辑主任，因为近来时势所趋，他觉得不能胜任，故要我去帮他的忙（他说的是要我代他的位置，但那话大概是客气的话）。他说：‘我们那边缺少一个眼睛，我们盼望你来做我们的眼睛。’此事的重要，我是承认的：得着一个商务印书馆，比得着什么学校更重要。但我是三十岁的人，我还有我自己的事业要做；我自己至少应该再做十年、二十年的自己的事业，况且我自己相信不是一个没有可以贡献的能力的人。因此，我几次婉转辞谢了他。”注意此中高梦旦的话，他需要“胡适的眼睛”干什么？就是选书。

再一段故事写道：二十世纪二十年代，汪孟邹在上海开办亚东图书馆。一九二五年十一月，胡适来上海治疗痔疮，在汪家住四个月。此间汪请胡帮助选书，胡开过两套书目，一是翻印古籍，胡建议出版一套“中国哲学丛书”，他一面想，一面写出一些书名：《朱子年谱》《王阳明传习录》《颜氏学记》《费氏遗书》《李直讲集》《明夷待访录》（黄梨洲）《伯牙琴》（邓牧）《明儒学案》和《近思录集注》（江永）。写此书目时恰好陈独秀来访，陈看了看，拿起笔再写下两部书《神灭论》与《非神灭论》。二是讨论“古短篇小说丛书”，胡适认为可出版如下几种：《京本通俗小说》（七种，加一种，叶德辉刻）《今古奇观》《拍案惊奇》《石点头》和《醒醒石》。

此类好听的故事太多，余不一一。只是回想我的出版生涯，走的主要是请专家帮助选书的路子。从北京到上海，从国内到海外，我主要与两类人打交道，一是作者，再一就是帮助我选书的主编、策划人，当然这两类人也会有交集。其中有名的策划人有：吴振奎策划“世界数学名题欣赏”丛书；胡友鸣策划“中国地域文化丛书”；陶铠、李春林和梁刚建策划“国学丛书”；孙立哲策划《工商管理百科全书》《吉尼斯世界纪录大全》；脉望暨沈昌文、吴彬、赵丽雅和陆灏策划“书趣文丛”“新世纪万有文库”和《万象》；沈昌文、陆灏和陈子善等策划“海豚书馆”；梁由之策划“海豚文存”；祝勇策划“独立文丛”；吴兴文策划“海豚启蒙丛书”等。

近年请英国人罗勃·谢泼德帮我们策划西装书。二〇一四年他为《随泰坦尼克号沉没的书之瑰宝》中文版来上海讲座，当时我们要出版西方经典童书，他拿来两本精美的《爱丽丝漫游奇境》和《小熊维尼》

封面，让我们按此制作。他还跟我开玩笑说:“这是我免费帮你们选书，算是我回报此行的路费。”

以上说的都是“职业选书”，其实在日常生活中，选书的事情经常发生着。比如早年父亲为我选书，首选是鲁迅著作。我结婚时，父亲还送我给一套《鲁迅全集》，上面钤着母亲的印章。后来海豚社梅杰主持“经典怀旧”丛书，收入鲁迅《朝花夕拾》《故事新编》，我就有些感伤，不禁想起早年痴迷鲁迅的感受。

再者多年来，经常有晚辈让我帮他们选书，诸如童书读什么？我觉得除去世界名著，“叶圣陶童话”极好。他一生写童话不多，但都是经典，其中可学之处多多，有做人规范、贵族精神、恬淡心境，还有满纸童趣充溢。白话文读什么？我推荐朱自清、吕叔湘和张中行，但顶级还是周作人，后来者止庵文字也非常干净。散文读什么？王充闾早年读私塾，学问扎实，使用字词极多，句式严谨，思想与布道都不逾矩；还有傅杰文章，微言大义，又有不同。至于成人泛读，各取所需：黄仁宇史观独具，解放思想；王蒙二十世纪九十年代文章灵动而犀利；钱锺书不可追，杨绛堪称天下绝笔；媒体人要读陈原，他是我们的精神领袖；老辈学人如黄裳、金克木、金性尧、周振甫、董桥、钟叔河；新现妙笔如陈子善、毛尖、恺蒂、小白、祝勇；当代奇才则以王强、韦力可期。一孔之见，随想随记，权作一点参考。

书　友

谈到交友，有朋友说，到五十岁年龄，他的朋友圈不再轻易接受陌生人，一是好朋友已经不少，足够他一生享用；再一是来日时光有限，再深交好友的机会已经不多。

是啊，以常情而论，时间是一个不可逾越的常数，五年只是了解，十年则为深交，二十年才是一辈子的朋友。回忆我半生结交朋友，达到二十年以上且不离不弃者，单以“书友”为记，人数实在屈指可数。那么何谓书友呢？我的界定是以书结交，在一起做与书相关的事，且志同道合者，是为书友。这里要剔除一些纯商业性的职业交往。那么随着时间流动，几十年书友聚聚散散，还会剩下谁呢？

先说王辉，他是《沈阳日报》读书版编辑，笔名大辉。他因为喜欢读辽教社的书而与我交往，我因为喜欢他的读书版，并且时常为其写文章而与他交流，二十几年从未间断。他最喜欢的书是“书趣文丛”和“新世纪万有文库”，还有《万象》杂志，为此他曾写文章《书人俞晓群》，品评我的工作。后来我写文章《那一缕书香，怎消得独孤寂寞》，回忆此前编书的往事，王辉又有文章《俞先生的十八声感叹》与我唱和，让我感动很久。他的第一部著作《我的家园》，文字平和、脱俗而淡泊；他的第二部著作《三好集》，则以“文字老道”而回报流年碎影的磨砺。我到北京工作后，他依然关注我的书事，偶然交流，说到海豚社的好书和我的著作，他都非常熟悉，还会经常在《沈阳日报》选择文章刊载。有观点说，图书编辑与媒体记者天然契合，相交容易，长交却难，这当然是职业属性使然。我与王辉相交经久不衰，可以相知、可以唱和，一定是重要的基础。

再说沈昌文。我与他首次见面始于一九九〇年初，一次在《读书》编辑部偶然遇见，那时沈公是《读书》主编，事后赵丽雅带话说，沈公对你印象不错，看气质不像某些社长趾高气昂，希望能有机会合作。后来辽教社在《读书》上发广告，成为三联的广告客户，但我们只限于职业来往。我偶尔会为《读书》写一点小文章，第一篇是《谶纬与〈谶纬论略〉》，被沈公退改三遍，他说文体不对，像是简介，不符合《读书》风格。其实许多报刊和出版社都有自己的风格，那时我确实不大会写文章，还处于学习阶段。直到两年后，有一次沈公颇为正式地对我说："你能抽时间为《读书》写文章吗？"赵丽雅对我说："沈公很少向人约稿。"后来经历辽教社合作高潮，沈公帮助我们出版那么多大项目。但直到二〇〇三年我们交往十年之际，我的著作《人书情未了—— 一个出版人的手记》出版，请沈公写序，他的题目是《出于爱的不爱和不爱的爱》，讲到他爱三联，却不能再为三联做事；他不爱俞晓群，却为做事而彼此相爱云云。可见那时我们还没达到"书友"的亲密无间。直到此后十年，尤其是我进京来到海豚社，他为"海豚书馆"写序，题目是《过去与现在的"三结义"》，讲到他与陆灏和我的书缘书情，讲到如何传承文化，服务大众，文章字字催泪，个中情谊，远远超出一般性的职业合作。这两年沈公号称整理书房，他将其中几万册书都交给我们保存，说道："你们将来有机会办书院，算是我的贡献。"可见相交之深。

相交二十年的书友，还有陆灏。我们合作出版很多书，一直到目前还在出版的"海豚书馆"。二十年你来我往、争争吵吵，我自感觉，情义越来越深。但陆灏思维在四次元空间游动，非我辈可以把握。近些年在同事中，陆灏已有"大王"之称，年轻人时常请他带路，巡游书山，他看上去很受用。前些天在上海，我们一起研究事情，他还说，晓群做书行，宣传书行，书稿把关不大行，卖书挣钱好像也不大行。我笑着说，如果将来再做书事，就要请你把关定向，补充我的不足。他笑着回应，你这是想让我得罪人。

再有林道群，他是香港牛津大学出版社总编辑。自一九九五年沈昌文引荐与香港牛津合作，从《牛津少年儿童百科全书》、"牛津学术精选"到"董桥作品系列"，我们合作编书，算起来也有二十几年。一路走下来坎坎坷坷，朋友已经交得深厚。道群本人兼通中西学术，对书的认识深刻，我们编"新世纪万有文库"

时，道群就是其中最年轻的编委，后来每每找书选书，我们经常向他请教。结交书友，能遇到道群这样的人才，实为人生幸事。

我与王强交往，始于二十世纪九十年代末。那时他在新东方，早已名扬天下。我们时常见面，最初是与沈昌文、郝明义一起，听王强讲西方典籍，现在该引进什么书呢？他提到“负面乌托邦三部曲”《一九八四》《美丽新世界》和《我们》；还提到理查德·德·伯利的《书之爱》，以及他自己的著作《书之爱》，后者后来被徐晓改名为《读书毁了我》，多年长销不衰。二〇〇〇年我出版他的《王强口语》三卷，轰动一时。当时我写文章《e时代二人谈》，其中有一段写道：

与王强接触，本缘于近一年来，辽教社出版新东方《王强口语》，我们之间多次研讨。其实，以新东方的显赫声名，王强的大作原本轮不上辽教社出版。但读过卢跃刚《东方马车——从北大到新东方的传奇》的人都会知道，王强的绰号叫作“书痴”；如果再读过他的作品《书之爱》，更会了解他的阅读功力。他说，他是读辽教社的《万象》、“新世纪万有文库”等书，才乐于与我们接触。几次交流，我们谈得最多的不是他的口语教程，而是倾听他用那动人的男中音，侃谈关于“书”的故事。……我们评价，王强既是当红的“授课天才”，更是一位“未来人物”，正如卢跃刚所说，王强所崇拜的是五四时期北大教授，辜鸿铭、胡适、陈独秀、李大钊等前辈，有人格，有个性，有文化；王强是一个读书人，是北大校园文化的推动者，是二十世纪八十年代“新启蒙”的积极参与者，是立志介绍西方文明以启蒙国人的人……于是，我们不但在出版王强的口语教程，还在互动“王强工作室”的诞生！

唉，说是鬼使神差，此后十几年间，王强离开新东方，重新创业；我离开辽宁，到北京漂泊。后来我们由《书蠹牛津消夏记》再聚首，几番交流，又回到“王强工作室”类同的观念，二十几年彼此心中存留，正如那句诗写道：“早已有心在先，此次何须相约。”

还有一种交往，所谓“神交久矣”。比如钟叔河，在我心中，我一直奉他为导师，也把他当作最好的书友。早在二十世纪九十年代，我们就为“国学丛书”向钟先生约稿《载道以外的文字》，真正见面却是在二十年后。记得二〇一四年，我们第一次来到长沙钟先生书房，我见到“念楼”二字挂在门上，念者廿也，本意为书房地处第二十层楼。我却愣住了，心中念叨着：相知相念二十年，此时我站在“念楼”门前，如此巧合，果真是二十年相约之意么？

双　雄

二十世纪中叶上溯五十年间，中国出版以商务印书馆一家独大。论其竞争者，有名望的出版机构很多，诸如中华书局、世界书局、开明书店和儿童书局等，其中最值得称道者是中华书局。

那时的中国出版界，常让我想到两位文化竞跑者：商务印书馆如领跑的巨人，步履稳健，胜券在握；中华书局如不屈的斗士，顽强追赶，成就卓然。他们时而摩擦，时而并进，时而变换身位，但共同的目标始终未变。

今天人们谈论起商务印书馆与中华书局的往事，赞誉之声很多，疑问之声也不少。单说中华书局的创办者陆费逵（一八八六～一九四一），他曾在商务印书馆从业五年，后来因故自立门户，成立中华书局，原因何在呢？

一九〇八年，陆费逵二十三岁投身商务印书馆，很快显露才华，期间著文如《缩短在学年限》《改用阳历》和《小学堂章程改正私议》；著书如《新编国文教科书》《新编算术教科书》《新编修身教科书》《伦理学讲义》和《最新商业教科书》等。如此青年才俊，自然得到张元济、高梦旦格外赏识，第二年即任出版部长兼交通部长（相当于今天的公关部）、师范讲义社主任，创刊并主持《教育杂志》月刊。如蒋维乔文章所言："商务待陆氏之优，超出同侪。虽年久资深之馆员，皆不能望其项背。"据言高梦旦"欲坚其心"，将侄女高君隐介绍给陆费逵，他们于一九一〇年成婚。

但一九一二年一月一日，陆费逵突然宣布离开商务印书馆，与戴克敦、陈寅、沈颐、沈继芳联合创办中华书局，在《申报》上发表《中华书局宣言书》，提出"教科书革命"的号召，宣言声称："立国根本在乎教育，教育根本实在教科书；教育不革命，国基终无由巩固；教科书不革命，教育目的终不能达也。"同时立即推出《中华教科书》初小八册、高小四册，出版宗旨："一、养成中华共和国国民；二、采取人道主义、政治主义、军国民主义；三、注意实际教育；四、融和国粹欧化。”当时清政府学部颁行的教科书被禁用，通行的教科书来不及修改，所以新编《中华教科书》风靡一时，几乎独占市场。以后陆续出版小学课本四十四种，中学、师范课本七十二种。

面对如此突发事件，商务印书馆最受打击。因为创办于一八九七年的商务印书馆，正是靠扶助教育、编印教科书起家。正如王云五所言，与商务印书馆同时的出版社，有文明书局和南洋公学，主要出版教科书。不过编印全套中小学教科书，商务印书馆是第一家。民国之前登记的教科书，商务印书馆的书占到一半以上。主持这项工作的人是张元济，他当时组织成立编译所，自任所长，创编的第一套书即为《最新教科书》。参与编写的人有高梦旦、蒋维乔、庄俞、杜亚泉，还有一位日本顾问。

如今陆费逵突然离开，突然推出新教科书，自然让“晚清教科书”一家独大的商务印书馆措手不及。尤其是陆费逵在“教科书革命”的旗帜下，为了商业竞争，还喊出一个“完全华商自办”的口号，这让当时有日本人股份的商务印书馆更为被动。两年之后即一九一四年，经商务印书馆总经理夏瑞芳努力，将日方股份全部购回，转而售诸国人。是年一月十日登报布告股东，当日晚上夏瑞芳被狙击手暗杀，至今凶手下落不明。

另据赵俊文章《怀念雄才大略的出版家陆费逵先生》，此后商务印书馆与中华书局竞争教科书市场，曾实行“购教科书一元，赠购书券五角；购杂书一元，赠购书券一元。中华书局只好照办。商务高董事有云，这样下去，乃是两败俱亡”。高董事即高梦旦，此时陆费逵已是他的侄女婿，蒋维乔曾嘲笑他“赔了夫人又折兵”。

那么，发生这样的事情，孰是孰非呢？归结起来，大约有两种说法：

说法之一，见郑逸梅文章《中华书局是怎样创始的》，一九一一年推翻清朝的革命洪流汹涌澎湃，商务印书馆对于发行下学期教科书大为踌躇，到底是印“龙旗向日飘，皇帝万万岁”，还是冒险编印革命教科书呢？为此求计于“智多星”陆费逵，当时陆费逵在商务印书馆就职，他分析说，革命不会成功，教科书还是一仍其旧，不必改动。商务印书馆听信此言，按兵不动；但陆费逵自己却在家中集合几位好友，将“新教科书”预编出来。如郑逸梅所言：“他一方面若无其事的敷衍商务，一方面秘密地邀请了几个关系比较密切的同事，如戴克敦、陈协恭、沈颐、沈知方等，每晚集合在宝山路宝兴西里他的家中，商讨编撰新教科书事宜。”翌年，他从商务印书馆辞职，成立中华书局，立即推出《中华教科书》，销路很好，商务印书馆春季教材不及修改，遂成废纸。

说法之二，据言陆费逵看到时局将变，劝商务印书馆张元济等应时而变，但如蒋维乔回忆张元济：“彼本有保皇党臭味，提及革命，总是摇头。遂肯定的下断语，以为革命必不能成功，教科书不必改。”正是在这样的情形下，加上陆费逵本人才华超群，气度不凡，自然不会久居人下，总会有与商务印书馆分道扬镳的事情发生。

对此，我比较倾向于后一种说法。

一是因为商务印书馆股东多，历来坚持商业第一，做事保守谨慎，回避政治。比如一九一九年，孙中山将著作《孙文学说》拿到商务印书馆出版，遭到拒绝。这让孙中山一直耿耿于怀，他在《致海外国民党同志函》中，批评商务印书馆为“保皇党余孽”。张元济自己也曾刻闲章“戊戌党锢孑遗”自嘲。再者想到陆费逵在家中私编“共和国教科书”时，大清王朝尚在，他们编印“革命书册”的行为，属于大逆不道，如果暴露是要被杀头的。连普通的印刷所都不敢接受这样的书，他们只好到日本人的工厂偷偷印制。以商务印书馆一贯的做事风格，这样的风险，他们是断断不肯冒的。

二是因为张元济作为大清旧臣，虽然远离庙堂，但对朝廷还有依恋之情。比如在一九一一年初，他还向内阁大臣、庆亲王奕劻上手折，希望能从教育入手，力挽大清败局。奕劻受摄政王之托，让学部尚书唐景崧成立“中央教育会”，任命张謇为会长、张元济为副会长。六月时还由张元济主持召开会议，形成十二条决议，其中包括“废止小学生读经讲经课”等内容。

无论如何，历史存在的合理性，使中国出版史上出现一个双雄并立的景象。无论谁是谁非，无论谁强谁弱、谁先谁后，历经一百多年峰回路转，两者的旗帜都在，传统都在，我们已经要感念那几位伟大的创业者了，他们是：张元济、陆费逵、高梦旦……

追 随

我在《双雄》一文中谈到，一九〇八年，二十三岁的陆费逵离开文明书局，进入商务印书馆，很快显露才华；一九一二年一月一日，他离开商务印书馆，创立中华书局，在商业上成为商务印书馆的强劲对手，甚至形成中国出版界“双雄并立”的局面。

但陆费逵的那一次辞别，也与商务印书馆张元济、高梦旦等人，结下许多难解难分的恩恩怨怨，诸如在新教科书竞争中的种种冲突，陆费逵与高梦旦家族的姻亲缔结等。许多年后，这样的交错关系一直存在。王云五在晚年回忆录中写道：“中华书局总经理陆费伯鸿君，民前原在商务印书馆编译所主编教育杂志，民元脱离商务，与友人创办中华书局，其与商务旧日当局间自不免有多少芥蒂，实则同业竞争原为不可避免之事，……”

话虽这样说，在几十年间，商务与中华在商场上，或正面冲突，或此消彼长，或如影相随，长期处于竞争状态。最初的教科书之争亦有表现，后来蔓延到各个门类。其主流舆论是说，商务发先声，中华紧紧跟随，但始终处于“跟风”的地位。

比如一九三四年《浙江省立馆刊》三卷一期有一段记载：“中华书局与商务印书馆为吾国最有悠久历史与规模最宏大之印刷机关；双方虽志同道合，而以营商手段传播文化事业，故常不免有同业互争之举；虽不见显揭旗帜，然其角逐之痕迹，固历历在明眼人目中也。泛观年来两方所出惹人注意而为鄙意所及之书，前之如商务出《辞源》，中华则印《中华大辞典》，商务出《四部丛刊》，中华亦摆印《四部备要》，无不遥遥相对，有如桴鼓。最近商务获得影印《四库全书珍本》之权利，又将影印北平图书馆之四库善本丛刊，于是中华书局亦不先不后，于兹际宣布《古今图书集成》及二十二省通志之影印。商务印《四部丛刊续编》，中华乃拟《四部备要》之重版，又目前彰彰之事实也。综观前后，似商务恒取得机先，中华则微弱追步，是盖可见两者经营手段之高下，与主持者擘划设计之工拙。”

王云五八十几岁时，在台湾商务印书馆讲课，赞扬一些出版社和他们有创造性的出版物，比如开明书店和他们出版的《二十五史》；传记文学社和他们出版的各种传记丛刊。但谈到中华书局，王云五话锋一转，批评他们对商务印书馆的追随与模仿。他说:《辞海》和《四部备要》都不算创造性出版物，其前者是在商务印书馆的《辞源》之后，后者是在《四部丛刊》之后。而中华书局出版的《中华大字典》却比《康熙字典》和《集韵》所收的字略有增加，即把现代新造的字也收入其中了，这部书勉强算得上是有一半的创造性。

当代学人多有延续此观点，如吴永贵《陆费逵与中华书局对中国文化的贡献》文中，在“商人的精明”一节中写道:“在竞争中，陆费逵很注意吸收商务的经验，特别是在选题思路上多所借鉴：商务一旦有好的策划，中华马上跟进，不让商务专美于前，以致商务的许多出版物均能在中华目录中找到其相对应的书刊。……中华的这种移花接木，借风行船，正是商业行为中的所谓‘搭便车’。”在这里，吴永贵一一列出商务印书馆产品与中华书局的跟风产品：《教育杂志》对《中华教育界》，《小说月报》对《中华小说界》，《少年杂志》对《中华童子界》，《学生杂志》对《中华学生界》，《妇女杂志》对《中华妇女界》，《英文杂志》对《中华英文周刊》，《儿童世界》对《小朋友》，《儿童画报》对《中华儿童画报》，《新字典》对《中华大字典》，《学生字典》对《新式学生字典》，《国音字典》对《标准国音字典》，《东方杂志》对《大中华》，《辞源》对《辞海》，《四部丛刊》对《四部备要》，《小学生文库》对《小朋友文库》。

如上判断有一定的道理，但在一系列貌似“追随”的背后，还有许多故事需要说明：

其一，所谓商业竞争，不会总是单方面的“追随”，其实商务印书馆也一直把中华书局当参照物或假想敌。比如一九三二年“一·二八”事变爆发，商务印书馆损失惨重，它的商业对手却逃过此难。五年之后，商务印书馆重新成为行业老大，王云五在做演讲《十年来的中国出版事业》时，谈到商务印书馆蒙难前后的出书品种，对照的出版社正是中华书局和世界书局。十年之中，只是在“一·二八”事变那一年，商务印书馆的出书品种落后于中华书局：六十一种对六〇八种；其余年份都遥遥领先。常言“一直追随，从未超越”，此一“孤例”还是破了商务印书馆始终老大的神话。

其二，在某些项目上，商务印书馆也有疑似“追随”中华书局的案例。比如一九三四年秋，两家在印行《古今图书集成》一事上发生争执。商务印书馆说先提出此事，中华书局听闻后跟进；中华书局说并非如此，他们久有计划在先。时任商务印书馆总经理王云五在《商务印书馆与新教育年谱》中写道：“余入商务在伯鸿脱离后十年，彼此原无恩怨，至是双方各有一部《古今图书集成》待印，闻伯鸿某日向彼此互有友谊之某君表示，对余复兴商务书馆之努力与成功倍加赞许，独于竞印《古今图书集成》一事，颇咎余过甚。余闻此言，即语某君，以同业竞争过烈，难免两败俱伤，中华对《古今图书集成》之筹备影印，既早于商务，商务不妨放弃，以专让中华为之。唯盼能借此关系，今后彼此合作，以免除不必要之损失。伯鸿闻之，至为欣慰，经某君之介，与余把晤，前嫌一时尽释，……”

其三，称中华书局跟风商务印书馆的项目中，多为教育类书刊。而以身份论，陆费逵的第一身份为教育家，然后才是出版家。他在一九〇六年进入文明书局，即兼任文明小学校长，进入商务印书馆不久，即兼任《教育杂志》主编、师范讲义社主任。其间，写过很多教育类文章如《民国普通学制议》《新学制之要求》和《教科书革命》；还亲自编写过许多教材。一九一二年一月，他在《教育杂志》发表文章《敬告民国教育总长》，受到时任教育总长蔡元培重视，特意从北京来到上海，后请陆费逵和蒋维乔代拟《普通教育暂行办法通令》十四条，以及《普通教育暂行课程之标准》，教育部还委托陆费逵组织读音统一会。与此同时，陆费逵创建中华书局，首创“共和国教科书”，并且在二十五年之中九次改编，由《中华教科书》易名为新教育、新式、新制、新学制、新中华、新标准、修正标准和新编；成立中华书局即创办十大杂志，大多与教育相关。同时他自撰教科书多部。如此教育家，简单言其商业跟风，恐怕有失偏颇。

回顾这段历史，周为筠《暗战一九一一：张元济陆费逵新中华教科书的较量》文中写道："其实张元济对陆费逵多少有提携之恩，而且这对文化对手是不折不扣的老乡，一个是海盐人，一个是桐乡人，同属于浙江嘉兴地区，无奈商场如战场。两人都是近代文化史上巨擘，他们影响了近世社会的阅读风尚。如今为了纪念他们对文化的卓绝贡献，他们家乡的图书馆分别以他们命名。"

笔　名

回忆我的写作生涯，从未用过笔名。如果非要较真，早年中学毕业到农村务农，几个年轻人心血来潮，刻钢板办一个小报，每期只有十六开对开两页，单面印刷。我们在上面写诗歌、短文，逢年过节还会套色印刷。在那个小报上，我们发表文章都起笔名，其中必须落一个“农”字，比如为农、建农，我是“乐农”。

此后进入出版界，虽然喜欢写作，从来都用本名。有言“大丈夫坐不更名，立不改姓”，我却没有那样的豪气。只是私下想，本来写文章就费劲，唯恐人家不知道，哪还有用“笔名”的心思。这些年网络生存来袭，所有上网的人几乎都有网名，其形式类似于笔名，我却一开始就实名上网，时常遭到蒙面者詈骂，我厚着脸皮，硬挺过来。也是我的文字藏头缩尾、不见锋芒，不值得“水军”、“暴徒们”围攻；再者不管对方说什么，我都咬着一句话：“问好！”这招很灵，一般都会平息对方的怒气，因为更多的时候，骂人者自己都不知道怒从何来，何况还有“礼多人不怪”的说法呢。

好吧，看一看别人如何使用笔名。

“笔名”一词出现并不久远，据言起初与明清小说写作有关，最有名如《金瓶梅》的作者“兰陵笑笑生”，至今也不知道作者本名是什么。民国时期名人用笔名风行，如鲁迅、冰心、巴金、茅盾、老舍、曹禺、夏衍、丁玲、艾青等都是笔名。为什么多？说法不一，有性格、环境、时尚等多重因素，近现代文学史考证多多。本文且说几位报人和出版人的笔名：

其一是邹韬奋与胡愈之。

邹韬奋毕业于上海圣约翰大学文科专业，一九二三年进入中华职业教育社。一九二五年十月，中华职业教育社创办《生活》周刊，最初只发行二千八百份。邹韬奋从《生活》周刊第二卷第一期开始接任主编。当时编辑部只有两个半人，一个是邹韬奋，再一个是刚从职业学校毕业的徐伯昕，半个是兼任会计的孙梦旦。杂志的稿费标准是千字四毛钱，付酬太低，组不到优秀作家的稿子。最初邹韬奋只好唱独角戏，几个栏目都由他自己来写。那么如何署名呢？

邹韬奋说："最可笑的是替我自己取了六七个不同的笔名，如因公、心水、落霞、孤峰、秋月等名字。把某类的文字派给某个笔名去担任，例如关于传记的由甲笔名专任，关于修养的由乙笔名专任，关于健康的由丙笔名专任，关于讨论的由丁笔名专任，关于小品文的由戊笔名专任，以此类推。简单说来，每个笔名都养成一个特殊性格。这倒不是我的万能，因为我只能努力于收集合于各个性格的材料，有许多是由英文刊物里搜得的。搜求的时候，却须有相当的判断力，要真能切合于读者需要的材料，把材料搜得之后，要用很畅快、简洁而隽永的文字表述出来。"

在邹韬奋"笔名战略"的努力下，一年之中，《生活》周刊发行数上升到二万份。后来胡愈之加盟《生活》周刊，他也用笔名写专栏，关于国际问题，他用笔名"伏生"写文章；关于国内时事政治问题，他用笔名"景观"写文章。正是在这样一些优秀人物的主持下，《生活》周刊越办越好，最高时每期发行量达到十五万册。

其二是陈翰伯。

陈翰伯是一位红色报人，如果我们按照他自己的划分，所谓“青春办报，皓首编书”，他在三十五岁之前是以新闻工作为职业，二十世纪五十年代曾任商务印书馆总经理。他一九三六年七月从燕京大学毕业，十一月任西安《西京民报》总编辑，那时他年仅二十二岁。一九三七年任西安《西北文化日报》编辑；一九三九年专为成都《新民报》写社论；一九四二年任重庆《时事新报》编辑；一九四五年任重庆《新民晚报》副总编辑；一九四七年任上海《联合晚报》总编辑。十余年间，他作为一位“潜伏”的红色报人，用笔名王孝风、梅碧华等写许多好文章，名声很大；他曾经把这些文稿剪贴成十几大本，在一九四八年十一月，交给上海的一位熟人保存。后来那人怕祸及自身，竟然将这些文稿付之一炬。从此，陈先生的这一段文字生涯为历史尘封，这也是他留下文字极少的重要原因之一。

其三是王云五。

先说他名字“云五”的由来。起初他的字日祥，号岫庐。他十二岁时跟一位李老师读书。李老师有一个弟弟很喜欢他，主动为他取一个别字“云五”，意为“日下现五色祥云”。其还按方寸大小，写下“王云五”三个字，说将来找一位刻字高手刻出来，并可用为名片。云五十七八岁之后，确实用这个字做名片。后来胡适推荐王云五出任商务印书馆编译所所长，得到时任所长高梦旦首肯。一九二一年十月二十五日，胡适在日记中写道：“梦旦因侄病危，亲来看视，今天下午来看我。他说云五好极了，将来一定可以代他。此话使我非常高兴。云五号岫庐，此次真是‘云无心而出岫’了！”

再说王云五在写作时，他使用名字有一个原则，即自己创作的著作，一般署名会用“王云五”，如《王云五大词典》《王云五社会学大词典》和《岫庐八十自述》；翻译的文章和著作，会用笔名；还有发表一些敏感言论，也会用笔名。王云五用笔名分两个阶段：

第一阶段有三个标志：一是一九〇五年，当时王云五只有十八岁，见到上海《南方日报》征文，就将法国作家嚣俄（Hugo，雨果）名著《可怜的人》节本翻译出来，有几千字，投给报社。译稿被采用后，在报上连载。王云五说："该报社经即接受，于数日连续刊完。又以对我的译稿深表满意，遂约我常川在社外供应译稿，内容以有关世界珍闻为范围，间日刊登一次，每次以一千字为度，全月给酬六十元，继续了二三年之久。我的译稿均用笔名'出岫'，以后写作概用此或'岫庐'之名。"二是一九一〇年，王云五一面在中国公学教书，一面兼任上海《天铎报》主笔，用笔名"出岫"或"岫庐"，每星期至少撰写社论一篇，月得报酬一百元。三是一九一二年，王云五给北平《民主日报》写社论，每周三篇，用笔名"岫庐"或"出岫"。该报隶属于同盟会，第二年时任大总统袁世凯枪杀该社社长仇蕴存，查封报社，王云五因用笔名写作，不在报馆坐班，躲过一劫。

第二阶段是一九四九年后，王云五在台湾和香港成立"华国出版社"，他开始亲自译书。他在《自撰年谱》中写道："我自决心从事译作以来，决定除著作仍用原名云五外，所有翻译亦均改用笔名‘龙倦飞’，取‘云从龙’及‘云无心以出岫，鸟倦飞而知还’之义。”他取笔名“龙倦飞”，显然与他当时的处境与心情有关。

在这段时间里，王云五翻译第一本书是《在铁幕之后》。此后一年多时间里，他译有《工业心理学》《现代武器与自由人》《俄国人眼中的俄国》和《文化在考验中》等多部著作；后来还编译过《原子与原子弹》。一九五三年，台湾商务印书馆邀请王云五翻译四卷本巨著《美国人的历史》，他于一九五六年译完出版，共计一百五十万字，依然署名“龙倦飞”。

续　篇

前不久我写短文《书业七家》，将韦力归于收藏家。韦先生在网上调侃："看来晓群兄还不认为我是作家（流泪）"。

怎么会呢？两年来我写文章，提到最多、写到最多的名字，一定是韦先生。尤其是他的写作如喷涌之势，著作一本接着一本，并且都是新著，绝不炒冷饭，绝不搞拼盘。文字数量之大，内容之奇绝，不时让人惊叹。无论涉足哪个领域，他一方面充分发挥藏书家优势，研读典籍，入他人未见之境，览世间珍藏之书，一方面长期做实地考察，诸事不亲见亲历绝不落笔。多年来他独创一套研究方法，颇受学界赞誉。如此痴迷，如此认真，如此持续坚守，如此独辟蹊径，几乎可以贯通古今，直逼巅峰。

我从二〇一六年开始为韦先生出版几本著作，有

《琼琚集》《硃痕探骊》《上书房行走》和《觅理记》，现在均已上市，多数申请加印。近日与韦先生接触，发现一个有趣的现象，那就是他的著作，往往不是孤立的论题，而是从一处入手，渐渐荡开一片天地，形成一个充满生命力的研究领域。他的许多论题是空前的，但后端却是开放的，路子越走越宽，课题越做越多，所以有“续篇”或系列著作纷至沓来，此乃韦先生研究战略的胜利。

最有名的研究是韦先生的“觅”系列，从《觅宗记》《觅理记》《觅诗记》《觅曲记》一直写下去，其资料之丰厚，构想之新奇，完全出乎常情预料。视其研究方法，则以实地考察为主线，辅以典藏与典籍互动，试图打穿故有学科与专业壁垒，获得新见，让学术界大为震动。此事说起来只是一层窗户纸，做起来其中的智慧、学识和辛劳，都不同于寻常想象。

我接触，韦先生还有许多写作主题，会有续篇不断推出：

其一，印谱：中国人对印章都很熟悉，与象形文字结合，“印章文化”又有诸多独到之处。我对此略深了解，始于二〇一六年与韦先生接触。那时我希望出版他的著作，他向我们介绍自己的研究和写作情况，其中谈到在他的收藏序列中，“印谱”为重要一项，因此希望陆续出版几本相关著作。不久韦先生将清代汪启淑《飞鸿堂印谱》择出一百余方钤印，附上注说文字，说明印文出处与意义，构成《硃痕探骊》书稿。

在选择上，此册书偏重印文的选取，如韦先生在后记中所言：“以期通过这些所选印文，让读者能够认识一位有血有肉、有思想有爱好的真实的汪启淑。”诸如：岂有文章惊海内、性喜未见书、乐莫大于无忧、愿如此生涯老我。印谱选好之后，韦先生回头一看，不禁暗笑：“如是要借汪启淑之口，来浇我胸中块垒。”

《硃痕探骊》书成上市之初，我们预测如此娴雅之物，只会在小众同道中流传，不会有太好的销路。没想到半年即加印到一万册。此后我曾随韦先生演讲、签售，听他回答读者问题，谈印谱的文化价值和商业价值：

问：“古代印谱为何很有收藏价值？”答：“印谱一直是古籍中的另类，是特殊群体，因为搞篆刻的一直是小众，但它涉及中国艺术史的一个重要分支。近些年，价值会越来越大。印谱就目前来看，市场的热点是流派印谱，以浙派、西泠派为最高号召，对这点我有保留意见。因为这毕竟是近百年的观念。从传统意义讲，乾隆时代印学就已经很发达了，而那个时代，西泠印社还没有呢。这就是我为什么关注汪启淑印谱的原因。汪启淑是中国制谱最多的人，在今天也是空前的。他的印谱，我们一半没见过，珍罕性很大。印谱的存世量比木刻版少很多。重要原因是当一个书勘刻出来后，书版可以印几百套，印谱则每一部都是一页一页制造出来的。正常情况下，根据文献，大多数印谱都是二十部，商业的不算，木刻版则是印谱的十几倍。所以印谱今天的价值很大，有它的道理所在。”

其二，书楼：从一九九七年开始，韦先生奔跑于各地，寻访藏书楼八十余座。二〇〇四年，韦先生以此为基础，出版《书楼寻踪》（河北教育出版社）一书，二十几万字。此时那八十余座藏书楼中，已经有四座被拆毁。韦先生在“缘起”中写道：“国家各大图书馆所藏之善本，哪一部不是由藏书家精心保护而流传至今的？大家在赞叹国家图书馆藏之丰，而少有念及作为文化传薪者的历代藏书家。每念及此，胸中总涌起一种冲动，发此宏愿：遍访国内可找到的藏书楼，哪怕仅存遗址，也要目睹其况。”

此后十余年间，韦先生说未见其他人涉足此领域，只有他一人踽踽独步，行色匆匆。二〇一六年，他在《书楼寻踪》基础上，奉献新著《书楼觅踪》（中信出版集团）三大卷，一百二十万字，从体量到内容，较前者都有大幅提升。

《书楼觅踪》第一集上市之后，读者反响极好，但篇幅太大，每本太厚。有朋友调侃说，读韦先生的著作需要有腕力。几经思考，他决定改为每年完成一册即出版一册，因此有《书楼觅踪》第二集一册完稿，将在今年出版。他在序中写道："我的改变就以本书为始。根据我的寻访节奏及写作计划，《书楼觅踪》二集原本也定为上中下三卷，交稿时间则是三年之后，然而实际操作是边寻访，边写作，到如今已然写出了几十篇，故我对写出的部分进行了一番排列组合，而后从地域着眼，选出了这些篇幅，组成该书的第二集。

本集所选的私家藏书楼均处在如今的江苏、浙江两省。江浙地区乃是近几百年来中国的人文渊薮之地，故其藏书楼的遗存数量也最多，因此在这一地区的寻访，多年过去，仍然会有新的发现。以我的估计，再过几年，我的私家书楼寻访之旅仍然会将这两个地区一并结集。”

其三，书友：韦先生交友广泛，网上有公号“芷兰斋”，每天都发文章，其中最受欢迎的文章是“师友赠书录”，即在每月末，他都要回顾书友交往，以书为媒、展示书影、点评书与人，推荐阅读。韦先生说，我这样写，原来是为了答谢书友，没想到每期都有数千读者点赞，寻踪觅书。二〇一六年我们以此为基础，出版《琼琚集》，书题语出《诗经·卫风》中《木瓜》：“投我以木瓜，报之以琼琚。匪报也，永以为好也！”

《琼琚集》上市后反响极好，韦先生又将推出续篇《琼瑶集》，他在序言中写道：“本书为‘师友赠书录’的第二次结集，其内容时段为二〇一六年九月底到二〇一七年五月底，这个时段恰与第一次结集首尾相接，就内容而言，亦为初次结集的延续。初集既然名为《琼琚集》，按照《诗经·卫风》中的叙述顺序，本集当仁不让地取名为《琼瑶集》。虽然如此，但在给该书起名时，我多少有些犹豫，这当然是因为琼瑶姐姐的名气太响，而我给自己的小书起同样的名字，颇有贴牌蹭热之嫌。然好在《诗经》中几千年前就有此词，说不定琼瑶姐姐之名也谐音于此，假如真是这样，我以‘琼瑶’为书名，不过是与其同源，当然也就没有侵权之事。想到这一层，我也就把心放回原来的位置，大胆使用之。”

后　记

二〇一六年十一月，我应邀在《辽宁日报》开设专栏“书香故人来”。当时约定：每两周一篇文章，篇幅在三千字左右。内容所及没有严格限定，只是结合我的读书生活立意。不过我设定专栏题目，还是有两点涵义包括在其中。

一是“书香”，如今这个词语随处可见，但在二十世纪九十年代初还不大流行。那时我刚刚主持辽宁教育出版社工作，有一次在《光明日报》上刊登图书广告，总编室约我写一段广告词。我写道：“辽宁教育出版社敬告旧雨新知：我们的理念，为建立一个书香门第的社会而奠基！”此广告登出后，还是引来一点反响。有识者对我说，书香的倡导很好，能否再改一下：“为建立一个书香社会而奠基。”如此一来，既简洁又上口。我接受他的建议，从此这句口号成为辽宁教育出版社的标识；再加上“脉望”即书虫的图标，构成我一生从事出版工作的理想追求。所以在我心目中，“书香”一词，有着更为丰富的人文意义。

二是“故人”，说来话长。我父亲是江苏镇江人，早年来到东北工作，一直不忘乡情，不忘故土。我们受父亲影响，也经常以“南方人”自诩。其实我的母亲是道地的东北人，我们家是一个典型的“南北结合”家庭，我们的身上留着深深的印记。我出生在辽宁丹东，后来随家到沈阳，一直到五十三岁之前，我从未离开过辽宁。在这一层意义上，称我为“东北人”更为真实、准确。

二〇〇九年我离开沈阳到北京工作，此时我已过天命之年。如今客居京华之地，一晃近十年过去，定睛看我，依然符合那个诗句“乡音无改鬓毛衰”。现在我在故乡的报纸上开专栏、写文章，自称“故人”，应该是很恰当的。

所谓故人，还有一层含义，那就是对养育我的那一方乡土的感念。我在那里成长、读书、安家、立业，父母兄姊、妻儿老小的恩爱与亲情，还有师友同仁的绵长情谊，哪一样能忘却呢？

如今长辈已在那里长眠，墓茔封土，思念日深。每年我千里奔波，哀戚于父母墓碑前，见到年复一年，青柳渐渐长高，花草亦荣亦枯，此时我沐浴长空朗朗明月，面拂塞外徐徐清风，游子之心，至为宁静。我爱那一方净土，我爱我的亲人和朋友，那里有我无限的思念和近乎半生的喜怒哀乐。

说来我离开家乡，在外游历不及十年。总体而言，我在异乡工作、奋斗，其实一直是在“消费”家乡赋予我的能力和精神财富。从学识、积累、经验、人脉、资源到资历，每一点都沾满家乡的气息。归结我从事出版三十五年，在沈阳就有二十七年；我在京主持海豚出版社，出版近四千种图书，许多资源都来自多年的积累。我自身学识有限，在京工作之余，有十本著作面世。如今回望，从知识到内容，许多是早年打下的基础。所以说在精神层面上，与其自称“故人”，不如说那段故土之深情，与我从未隔开。

东北一方水土，地阔土沃，民风包容杂糅，人文与自然互渗，近现代渐成故有的民俗个性。从思维模式、处事方法到言行表达，许多元素融入我的血液中。比如此刻回忆故旧往事，我的情绪自然掉入家乡那句老话的状态：“老乡见老乡，两眼泪汪汪。”

三十篇文章写就，将入戊戌年。我停下手中的笔，做一个小结，借以向家乡致敬，向故人致敬！

结集之际，感谢沈昌文先生，八十八岁高龄为我写序，文字已是珍宝。感谢丁宗皓先生，长期对我鼓励与支持。还有高惠斌、丁春凌、朱立利、刘裕诸位帮助，余不一一。

二〇一八年二月一日